Catherine Breton

Le Lierre Empoisonné

roman

Première publication 2012

ISBN : 978-2-9812678-3-2

Imprimé et relié aux États-Unis d'Amérique
par Create Space
www.createspace.com

*Pour tous ceux qui ont partagé mes voyages
et pour celui qui, laissé derrière,
se rongeait les ongles d'inquiétude.*

Chapitre 1

En mettant le pied sur le sol de la Nurésie, un pays dont elle n'avait entendu parler que par les histoires de sa nanny Rosalia, Livia Dubuc regretta de s'être fait convaincre aussi facilement. Au lieu d'avoir passé 13 heures enfermée dans un avion, elle aurait pu s'occuper de son jardin, continuer ses recherches dans son laboratoire, dormir dans son lit, bref continuer sa routine.

Au lieu de cela, elle était à la recherche d'une personne qui aurait dû rester morte. Ce n'est pas qu'elle ne voulait rien savoir de cette personne, seulement elle n'avait que très peu de patience pour les morts-vivants. Enfin, les gens qui se faisaient passer pour mort pendant près d'une décennie pour réapparaître grâce à une lettre, sans excuses et sans explications.

Il lui avait simplement annoncé être en danger et recherché pour ce qu'il avait fait au cours de la dernière décennie. S'il était resté mort, il n'y aurait pas eu de problèmes et elle ne serait pas là.

Livia s'arrêta un moment, en retrait du flot de passagers. L'aéroport grouillait d'activité. La plupart des gens l'ignoraient et continuaient leur chemin. Livia se repéra grâce aux panneaux en anglais et en nurésien. Elle devait, premièrement, récupérer sa valise avant de faire un pas de plus dans l'inconnu. Elle se dirigea vers le carrousel et attrapa sa petite valise. Rapidement, elle retourna près du mur pour reprendre son souffle, décider de ce qu'elle ferait à partir de maintenant.

Elle fronça les sourcils en remarquant le nombre inhabituel de soldats qui patrouillaient dans la salle où les carrousels à bagage se trouvaient. Ils marchaient, deux par deux, au hasard dans la foule, leur regard à la fois vague, mais intense, à la recherche des éléments inconvénients. Livia sentit ses épaules se courber sous cette nouvelle donnée. Sa main se crispa sur sa valise à roulettes, la sueur perla le long de sa colonne vertébrale sous sa chemise légère, elle se mit à trembler. Nerveusement, elle gratta la cicatrice sur sa main gauche. Le manque de sensation lui était réconfortant.

Il y avait trop de gens, et surtout trop de soldats. Elle secoua la tête. Elle ne devait pas penser au passé, le message qu'elle avait reçu, il y avait moins de 24 heures, lui rappelait trop bien que le passé pouvait être changé. C'était à elle d'en prendre maintenant le contrôle. Elle serra son sac à bandoulière contre elle-même, en sentant la présence rassurante de sa boîte à travers le canevas du sac, et se dirigea vers le comptoir de la ligne aérienne. Elle retournerait au Canada. Elle ne se laisserait pas embarquer dans cette histoire. Cette fois-ci, elle aurait son mot à dire.

Elle n'était plus qu'à quelques pas du comptoir lorsqu'une main se posa sur son épaule. Elle sursauta et se retourna vers le jeune homme derrière elle. Elle avait oublié qu'elle ne voyageait pas seule et elle regretta un moment qu'il soit là. Conrad. Son ancien compagnon de jeu qui n'avait pas daigné lui faire signe de vie depuis dix ans. Le passé qui revenait de plein fouet. Malgré tout ce qu'elle pouvait se dire pour se convaincre, elle ne pourrait jamais fuir le passé que ses parents lui avaient donné.

« J'espère que tu ne tentes pas de me fausser compagnie? » Elle secoua ses épaules et croisa le regard bleu de son compagnon. Il n'était pas beaucoup plus âgé qu'elle, peut-être 27 ou 28 ans, mais en ce moment il en paraissait 35.

Elle sentait à nouveau la présence des gens autour d'elle, surtout les soldats avec leur AK-47 prêt à faire feu. Elle sentit le peu de confiance qu'elle avait acquise en prenant sa décision fondre devant l'impossibilité de son retour au Canada. Elle haussa les épaules.

« Je... » Elle regarda le comptoir, son espoir. « J'allais passer un coup de fil. » Son sourire se crispa et Livia frissonna sous l'intensité de son regard.

« À qui? Tu connais quelqu'un ici? » Livia chercha quelque chose pour accrocher son regard. Si elle trouvait le moyen de se débarrasser de Conrad, elle aurait peut-être une chance d'attraper son vol de retour. Elle n'aurait plus qu'à perdre deux heures dans l'aéroport et elle serait sur le chemin de retour.

Mais Conrad avait déjà paré à tous ses arguments avant leur départ. Il savait très bien qu'elle n'était ici que sous la menace de l'enlèvement, même si elle n'était pas convaincue qu'il aurait été jusqu'à cet extrême. Quoique son visage vidé de toute émotion ne l'encouragerait pas à douter. Il saurait la retrouver et il n'utiliserait pas que les mots et son charme.

Il attendait toujours sa réponse, ses sourcils blonds froncés. Elle se lécha les lèvres et remarqua que les gens ralentissaient le pas en s'approchant, les yeux braqués sur eux, attirés par Conrad. Ce n'était pas surprenant, il avait les cheveux blonds, presque blancs, et des yeux bleus. Sa peau blanche contrastait fortement avec celle des autres voyageurs. Livia aurait pu passer inaperçue grâce à ses cheveux bruns et son hâle, mais elle ne pouvait ignorer ses origines nordiques avec ses yeux gris. Livia tenta de les ignorer, mais leur curiosité était énervante. Contrairement à elle, Conrad ne semblait pas s'en rendre compte.

« C'est un ami de Rosalia. Il devrait déjà être au courant qu'on est ici. » Un muscle au coin de sa bouche bougea, mais sa contrariété sembla se transformer en soulagement. Il décroisa les bras et attrapa les deux valises à roulettes en souriant.

« Ça m'arrange finalement. Mon père connait beaucoup de gens dans le pays, mais ils ne sont pas dans la capitale. Ton contact est ici? » Livia hocha la tête. Son dernier espoir de retourner au Canada en catimini venait de s'écrouler. Elle tenta de se convaincre qu'elle ne l'aurait pas fait, qu'elle aimait seulement la pensée d'en avoir la possibilité, que le message qu'elle avait reçu méritait qu'elle fasse l'effort de retrouver le disparu. « Tu devrais l'appeler alors, avant qu'on sorte de l'aéroport. » Il pointa vers les grandes portes vitrées derrière lesquelles une foule s'amassait, sous le regard de plusieurs soldats. Livia avala difficilement en sortant son téléphone. Elle ne pouvait pas fuir son passé, ils étaient partout où elle irait.

Elle laissa sa valise avec Conrad et s'éloigna pour mieux entendre. Rosalia l'avait supplié d'appeler ce Mevil Moreno, un homme qui saurait se montrer discret et en qui elle avait toute confiance. Elle composa le numéro que Rosalia lui avait donné et écouta les sonneries. Une femme répondit après quelques secondes. En nurésien. Elle resta sans voix un moment. Elle n'avait jamais appris cette langue et elle regrettait de ne pas avoir écouté Rosalia. Livia avala difficilement.

« Mevil Moreno? » Une femme lui répondit d'un ton enjoué, en français.

« Mademoiselle Livia Dubuc? » Livia balbutia.

« Oui... comment... » Elle avala difficilement.

« Nous attendions votre appel. Rosalia a pris des dispositions pour qu'on aille vous chercher et vous emmène à l'hôtel. Mevil et votre chauffeur devraient arriver d'un moment à l'autre. S'il n'est pas arrivé d'ici une heure, rappelez et nous prendrons d'autres mesures. Y a-t-il autre chose que je puisse faire pour vous? » Livia répondit par la négative avant de raccrocher et se tourna pour se retrouver nez à nez avec Conrad.

« Ça fait longtemps que tu es là? » Elle n'avait pas tenté d'être aimable, elle n'aimait pas lorsqu'on l'espionnait. Il secoua les épaules.

« Je me demandais qu'est-ce qui prenait tant de temps. J'ai appelé un collègue de mon père et il va nous attendre à Kiralis demain matin. Il était content de ne pas avoir à faire le trajet aujourd'hui. » Il lui fit signe de le précéder vers la porte.

Livia retint son souffle en sentant l'air chaud et humide lui frapper le visage comme un coup de fouet. L'été au Canada s'était annoncé chaud et humide, mais rien ne l'avait préparé à cette sensation étouffante. Différentes odeurs appétissantes l'assaillirent et elle remarqua les kiosques de nourriture de l'autre côté de la route. Son estomac gronda. Elle n'avait presque rien mangé dans l'avion.

Elle ne savait pas combien de temps ils devraient patienter avant l'arrivée de Mevil et l'idée que la nourriture pouvait être si près était tentante.

« Tu crois qu'on aurait le temps de manger quelque chose avant d'aller à l'hôtel? » Conrad ne répondit pas immédiatement. Il s'était arrêté et parlait au téléphone. Livia en profita pour observer les environs.

Les gens s'étaient immobilisés et les regardaient avec une curiosité plus marquée que dans l'aéroport. Elle se sentait mise à nue par la foule qui s'était contentée jusque-là d'attendre sagement sur le bord du chemin. Lentement, elle se rapprochait et formait un cercle autour d'eux. Conrad ne semblait pas s'en être rendu compte, toujours au téléphone. Livia toucha son bras pour attirer son attention. Plus rapidement qu'elle ne l'avait prévu, il se tourna vers elle et attrapa son bras dans un étau. Aussitôt, il ferma son téléphone et la relâcha, une lueur étrange dans les yeux.

Livia recula d'un pas en se massant le bras. Le contact n'avait duré qu'un moment, mais sa poigne lui indiquait qu'il n'était plus l'adolescent qu'elle avait connu à l'époque. Il était un homme qui n'avait rien à voir avec tous les quelques personnes qu'elle avait côtoyées depuis. Le visage de Conrad s'adoucit, une tentative de sourire se forma sur ses lèvres, mais elle n'y retrouvait pas son ancien ami.

« Je suis désolé, est-ce que je t'ai fait mal? » Livia secoua la tête malgré la certitude qu'elle aurait une ecchymose au matin. « Tu voulais me dire quelque chose? » Elle pointa vers les kiosques.

« Je vais me chercher de la bouffe, j'ai faim. » Elle n'avait plus envie de lui dire le malaise qu'elle avait au milieu de la foule d'inconnus qui épiaient le moindre de leurs mouvements. Elle voulait mettre de la distance entre Conrad et elle. Elle voulait penser clairement. Il secoua la tête.

« Non, reste ici. Je m'en occupe. » Avant qu'elle n'ait pu répliquer, il s'avança vers la chaussée, prêt à traverser la rue pour rejoindre les kiosques. Un soldat écarta la foule et se plaça devant Conrad, l'empêchant de faire un pas de plus. Livia pouvait voir les muscles des bras de Conrad se tendre et ses poings se crisper. Elle fit un pas en avant pour l'empêcher de faire une bêtise, mais elle se figea en voyant l'arme du soldat, une sueur froide coulant le long de son dos, un poids tombant dans son estomac.

La sensation de déjà vu était beaucoup trop forte et l'empêchait de respirer. Le soldat emmènerait Conrad et elle ne le reverrait plus jamais, comme pour son père. Elle serait, à nouveau, laissée seule. Elle ne devait pas le laisser faire.

Chapitre 2

Le soldat, armé de son AK-47 bien visible, le doigt posé près de la gâchette, parlait à la radio, le visage impassible, son regard fixé sur Conrad. Livia prit lentement une respiration. Elle ne devait pas se laisser aller à la paranoïa. Le monde entier ne pouvait s'être ligué contre elle. La coïncidence d'un tel événement arrivant deux fois dans sa vie était trop grande pour être réaliste.

Elle fit un nouveau pas en avant. Conrad se tourna vers elle et lui fit signe de ne pas bouger. Il ne semblait pas plus savoir qu'elle ce qui se passait, mais il avait conscience que ce n'était pas normal. Un soldat n'empêche pas des touristes de se diriger vers un kiosque à nourriture sans raison.

Le soldat hocha la tête en recevant ce qui semblait être un ordre à travers sa radio et indiqua à Conrad de retourner près de Livia. Conrad parla, mais Livia était trop loin pour entendre ce qu'il disait. Le soldat secoua la tête et insista pour qu'il retourne près de Livia. Conrad leva les bras, les épaules affaissées, défait. Livia était soulagée.

Sous le regard sévère du soldat, Conrad s'approcha de Livia. Le soldat continua de les regarder un moment, les observa de la tête aux pieds, sans gêne, avant de reprendre sa ronde.

« Tu sais que tu m'as fait peur pendant un moment? » Conrad sourit, moqueur.

« Tu croyais que j'allais m'en prendre à lui? » Livia haussa les épaules avant de hocher la tête.

« J'ai peut-être faim, mais ça ne vaut pas la peine d'attirer l'attention de l'armée. » Conrad la regarda d'une drôle de façon et Livia se sentit rougir sous l'attention.

« De quoi as-tu peur? Est-ce que c'est juste l'armée ou toutes les autorités? » Livia s'intéressa à la foule qui n'avait pas perdu un seul instant de leur confrontation avec le soldat. Livia n'avait pas l'intention de s'engager sur ce terrain et elle fit un vague geste de la main.

« Je préfère ne pas en parler. » Conrad hocha la tête, comme s'il comprenait la réaction de Livia.

Après un moment, il reprit la parole.

« Je ne sais pas ce que j'ai fait pour que tu sois si froide à mon égard depuis qu'on est parti de chez toi... » Le rire de Livia l'interrompit.

« Tu n'as même pas un petit doute? » Il secoua la tête. « Lorsque mon père a disparu, ton père avait promis à ma mère qu'elle n'aurait pas à s'inquiéter de son futur. Tu savais qu'ils travaillaient tous les deux sur le même mystérieux projet? » Elle n'avait pas caché le sarcasme dans sa voix et Conrad fronça les sourcils.

« Il a disparu avec toutes ses recherches, non? Mon père s'est rendu compte plus tard qu'il était loin d'avoir tous les morceaux pour le terminer. Ton père était beaucoup trop avancé et c'est dommage qu'il ait disparu. » Livia haussa les épaules.

« Il est de nouveau là. » Elle hésita avant de reprendre. « Guy avait promis à ma mère. Elle l'a cru. On n'a plus jamais entendu parler de lui. Toi-même, tu as suivi son exemple et tu n'as jamais cherché à entrer en contact avec nous. Est-ce que tu peux comprendre à quel point ma mère s'est sentie trahie lorsqu'aucun de ses appels ne fut retourné? »

« Alors pourquoi as-tu accepté de venir avec moi? » Le cercle autour d'eux s'était resserré. La présence seule du soldat n'était plus suffisante pour garder la foule à distance. La curiosité les poussait à se rapprocher, de plus en plus près. Un enfant effleura le bras de Livia et recula aussitôt en riant. Les autres étaient serrés les uns contre les autres, sans un mot. Leur présence, ajoutée à la chaleur ambiante, faisait tourner la tête de Livia. Elle repéra un banc près de la porte. Sans dire un mot, elle y prit place. Conrad la regarda faire, le front plissé.

« Tu m'as bien fait savoir que je n'avais pas le choix. » Elle hésita. « Pour être franche, je voulais savoir qu'est-ce que mon père avait fait de si important pour que Guy m'appelle dès qu'il a su qu'il était vivant. Tu sais quoi? Mon père aurait dû rester mort. »

« C'est ton père qui lui a demandé de prendre contact avec toi. » Livia eut un petit rire qui sonna faux.

« Sinon, s'il est comme avant, Guy serait venu seul, sans m'avertir, pour mettre la main sur mon père. D'ailleurs, pourquoi c'est pas lui qui est ici? » Livia avait croisé son regard à ce moment précis et elle y aperçut une lueur qui la fit frissonner. Une fraction de seconde plus tard, il n'y avait plus rien et elle crut avoir rêvé.

« Il a eu un accident de voiture peu après la disparition de ton père. On a cru qu'il n'allait pas s'en sortir. Il est maintenant en fauteuil roulant. » Livia se sentit mal. Pendant tout ce temps, elle avait accusé Guy de les avoir abandonnées alors qu'il se battait pour sa vie.

« Je suis désolée... » Il leva la main.

« C'est moi qui suis désolé. On aurait dû vous avertir. »

La foule était si proche qu'elle aurait pu toucher aux gens en levant son bras. Mal à l'aise d'être l'objet de leur curiosité, elle se retint de ne pas repousser une mèche de ses cheveux bruns qui ne cessait de tomber devant ses yeux. Du coin de l'oeil, elle vit le soldat s'éloigner de quelques pas. Il se tint en retrait, mais garda ses yeux posés sur elle. Elle frissonna en réalisant qu'il ne se préoccupait pas de Conrad. Il ne semblait être là que pour lui rappeler de mauvais souvenirs. Il recommença à parler dans sa radio et il croisa son regard.

Il y avait quelque chose d'irréel à sa présence, et à celle des autres soldats qui patrouillaient autour de l'aéroport. Mais celui-là ne bougeait pas. Il montait la garde. Il n'était pas là par hasard, il ne se préoccupait pas autant des autres touristes qui attendaient un taxi ou qui traversaient la rue pour manger.

Elle secoua la tête. Le monde entier ne tournait pas autour d'elle et de Conrad. Elle s'obligea à penser à autre chose, à la lettre de son père en particulier. Une lettre qui était la seule preuve que son père n'était pas resté mort comme il aurait dû et que malgré son silence de dix ans, il avait maintenant l'audace de lui demander son aide.

Une voiture s'arrêta à ce moment devant eux. Livia tourna machinalement la tête. La foule était si proche qu'elle dut se lever pour mieux voir. Le soldat s'était détourné d'eux pour se concentrer sur le chauffeur. Celui-ci ignora le soldat et s'approcha d'eux, le sourire aux lèvres.

Le soldat le repoussa en appuyant une main ferme sur le torse de l'homme. Il recula en balbutiant, la sueur au front, et en gesticulant vers Conrad et Livia. Le soldat leva son arme, menaçant, et l'homme fouilla frénétiquement dans toutes ses poches avant d'en sortir des papiers froissés qu'il lui montra.

« Peut-être qu'on devrait partir d'ici, on attire beaucoup trop l'attention. » Livia était d'accord avec Conrad. Elle attrapa sa valise et allait le suivre lorsqu'un autre homme sortit de la voiture. Elle ne pouvait plus s'en détourner.

Il était beaucoup plus grand que le soldat, la peau basanée, les dents blanches et des yeux noirs, rieurs. Il portait un pantalon noir sans le moindre pli et un veston de la même couleur sur une chemise bleue royale. S'il avait chaud sous ses vêtements, il n'en montrait aucun signe.

L'attention de la foule se détourna d'eux pour se fixer sur le nouvel arrivant. Celui-ci s'approcha du soldat qui fronça les sourcils en le voyant. Ils discutèrent un moment, pendant que le chauffeur se tenait respectueusement en retrait. Son regard parcourait la foule et se posait régulièrement sur eux. L'homme présenta une carte d'affaires au soldat qui inclina sèchement la tête avant de parler dans sa radio.

« Livia? Tu m'écoutes? Je ne sais pas qui il est, mais j'aimerais qu'on s'éclipse avant que l'armée débarque. » Livia tourna la tête pour apercevoir deux autres soldats qui marchaient d'un pas rapide vers la voiture. L'un d'eux avait un miroir au bout d'un bâton qu'il passa sous la voiture.

« Qu'est-ce qu'il fait? » Conrad haussa les épaules.

« Ils vérifient s'il y a une bombe. Allez, viens, ne restons pas ici, je n'aime pas l'atmosphère. » Ce n'est qu'à ce moment que Livia se rendit compte que la foule s'était éloignée d'eux. Même si elle pouvait respirer librement, elle devait donner raison à Conrad. Ils devaient partir avant que le tout ne tourne au vinaigre. Avec la quantité d'armes qu'elle voyait, et elle était certaine qu'elle n'en voyait qu'un faible pourcentage, les choses pouvaient se terminer dans un bain de sang.

Elle n'avait pas fait trois pas à la suite de Conrad qu'ils furent bloqués par un autre soldat. La sueur froide glissa le long de son échine. Ce n'était pas un déjà vu, la scène n'était qu'une variante de ce qui s'était passé avec son père. À l'exception qu'il faisait encore jour, qu'elle était dans un pays étranger et qu'il n'y avait pas de demandes amiables avec un fond de menace. Elle tourna sur ses talons, prête à détaler lorsque le premier soldat se métamorphosa devant elle.

Il tendit la main vers elle. Elle se mit à trembler de la tête au pied et il dut répéter sa demande.

« Passeport. » Il s'agissait d'un mot, mais surtout d'un ton, qu'elle aurait reconnu dans n'importe quelle langue. Conrad n'hésita pas et le lui tendit. Livia fouilla fébrilement dans son sac, en s'assurant qu'aucun regard indiscret ne pourrait voir ce qu'il contenait. Au moment où elle le sortit pour le remettre au soldat, elle remarqua l'intérêt de Conrad pour son sac. Elle le serra un peu plus contre elle.

Satisfait, le soldat les leur remit et leur fit signe d'avancer vers la voiture. Livia secoua la tête. Elle n'allait pas laisser un militaire lui dire quoi faire. Pas sans savoir ce qui l'attendait. Même si elle venait de traverser une partie de la planète pour se retrouver dans un pays inconnu à la demande d'un mort-vivant. Elle était idiote, les militaires n'étaient pour rien dans sa décision d'écouter Conrad.

En signe de solidarité, Conrad resta également sur place.

Avec un mouvement d'impatience, le soldat lui attrapa le bras et la força à marcher vers la voiture. Voyant son refus, l'homme au complet noir s'approcha d'eux, un sourire en coin qui aurait pu la faire craquer si ce n'était de la main du soldat. L'homme lança un ordre et le soldat la relâcha, mais sans s'éloigner.

« Pardonnez la rudesse de cet accueil. Je suis Mevil. » Il lui tendit une pièce d'identité. Livia la prit dans ses mains, l'observa, mais autant elle pouvait identifier et nommer les propriétés d'une plante à la simple vue ou odeur, autant elle n'avait aucune idée de la légitimité d'une pièce d'identité étrangère.

« Ça vous arrive toujours d'avoir une entrée aussi remarquée? Il a failli me disloquer l'épaule. » Mevil se contenta de sourire et serra la main que Conrad lui présentait.

« Je suis Conrad, le fils de Guy Maheux. On ne savait pas trop qu'est-ce qui se passait ici. C'est quoi l'histoire des soldats? » Mevil haussa les épaules et garda ses yeux fixés sur Livia.

« Le pays vient tout juste de sortir d'une guerre civile et un important criminel vient d'être arrêté. Habituellement, les touristes ne s'attardent pas à l'aéroport. C'est ma faute, je l'admets. J'étais occupé. » Il pointa vers le soldat toujours présent à leurs côtés. « Mais je vois que vous n'avez pas eu de problème jusqu'à présent, gardons les choses ainsi. »

Il les poussa vers la voiture, sans opposition de la part de Livia. Le chauffeur s'était déjà occupé de leur valise et les soldats reprirent leur ronde dès que les portes de la voiture se refermèrent derrière eux. Livia regarda une dernière fois l'aéroport avant de s'enfoncer dans l'inconnu. Mevil se tourna vers elle.

« J'ai remarqué que vous n'aimiez pas les militaires. Il faudra néanmoins vous y habituer. Il y a des points de contrôle un peu partout dans le pays, sur toutes les routes entrant et sortant des villes. Si vous n'avez pas vos papiers avec vous, ou s'ils croient qu'ils sont forgés, vous risquez d'être détenus. Il y a un couvre-feu pour tous les voyages en dehors des villes. On ne peut donc pas rejoindre Kiralis aujourd'hui. » Livia hocha la tête en avalant difficilement sa salive. Après dix ans de silence de la part de son père, il choisissait de réapparaître dans un pays peuplé de militaires.

Elle se jurait de faire payer son père pour tout les soucis qu'il lui avait fait subir au cours des dix dernières années. Elle lui en voulait de ne pas être resté mort.

Chapitre 3

Le voyage dans la voiture s'était fait en silence. À côté d'elle, Conrad avait fermé les yeux et le bruit de sa respiration lui indiquait qu'il dormait, ou qu'il était un excellent comédien. Mevil et le chauffeur discutaient en nurésien et ils semblaient avoir oublié sa présence.

Elle avait trop de questions pour attendre que Mevil ne se décide à lui parler. Il était si poli et distant, malgré son sourire charmeur et son regard qui la faisait rougir, qu'elle ne savait pas trop comment aborder le sujet. En même temps, elle ne voulait pas en savoir plus sur son père qu'elle n'en avait besoin. Après tout, il n'avait pas daigné lui donner plus d'informations qu'un simple mot accompagné d'un paquet. Un mot qui ne dévoilait rien sur ses activités depuis son enlèvement et sa mort. Elle devait se contenter de remplir entre les points manquant et espérer qu'elle ait tort sur certains sujets, comme la raison exacte de sa disparition, et raison sur d'autres, comme son succès dans ses recherches.

Elle avait attendu, avec un début d'impatience, d'être seule avec Mevil pour poser des questions. Elle ne voulait pas impliquer Conrad puisque lui et son père ne semblaient pas en savoir plus qu'elle sur la vie de son père. Elle ne leur pardonnait pas encore, malgré leurs excuses, qu'ils n'aient pas tenu leurs promesses.

Et l'urgence d'effectuer ce voyage ne lui donnait pas confiance dans les raisons qu'avaient Guy et Conrad de retrouver son père. Elle se demandait s'ils avaient tenté, comme elle l'avait fait elle-même, de savoir ce qu'il était devenu en posant beaucoup de questions jusqu'à ce qu'on lui donne la preuve que son père était mort.

À la réception de l'hôtel, Livia et Conrad se firent dire qu'ils avaient des chambres sur différents paliers. Conrad fronça les sourcils.

« Je n'aime pas savoir qu'on va être aussi loin l'un de l'autre. » Livia le foudroya du regard. Il se défendit en levant ses mains devant lui. « Je ne dis pas qu'on devrait être dans la même chambre, même si on se connait depuis si longtemps, même si on le faisait souvent avec nos amis, mais je préfère te tenir à l'oeil. Au cas où il y aurait un problème. » Ce fut Mevil qui répondit avant que Livia n'ait pu ouvrir la bouche.

« Il n'y aura pas de problèmes. Roberto occupera la chambre à côté de la vôtre. » Livia se mit à rire.

« Pourquoi? Il est chargé de faire en sorte que Conrad ne fasse pas de conneries? »

« Si cela vous amuse de le présenter ainsi. Je vous assure que ce n'est que pour votre protection. Il y a moins de chance que vous soyez tous les deux enlevés si vous êtes éloignés l'un de l'autre. »

« Et qui va s'occuper d'elle? » Il pointa Livia qui continuait de le regarder les bras croisés sur sa poitrine. Son ton était si condescendant, comme s'il ne se souvenait pas qu'à l'époque c'était elle qui le défendait contre les autres adolescents. Il ne perdait rien à attendre.

« Je n'ai pas besoin qu'on s'occupe de moi. » Mevil secoua la tête.

« Ce n'est plus à vous de décider. Je vais être votre gardien jusqu'à ce que vous quittiez ce pays. » Il sembla remarquer le regard furieux de Livia et il sourit. « Nous discuterons des détails en privé. » Livia tourna son attention vers une peinture pour cacher son malaise. « Je vais être dans la chambre attenante à la vôtre. » Livia tourna brusquement son regard vers lui, rageuse.

« Ce n'est pas une bonne idée. Je vous assure que s'il y a quelqu'un qui a besoin de protection, c'est Conrad. Vous devriez tous les deux rester avec lui. Il ne s'est pas encore rendu compte qu'il est le seul blanc aux cheveux blonds dans la région. » Mevil soupira.

« Et vous, vous êtes la seule jeune femme à la peau blanche. Nous ne voulons prendre aucun risque. » Livia ne put s'empêcher de répliquer.

« Si ça n'avait été que de moi, je ne serais même pas ici. » Il haussa un sourcil.

« Il a réussi à vous convaincre de venir ici? Intéressant. » Livia ouvrit la bouche pour répliquer avant de rougir en se rendant compte de ce que cela pouvait supposer. Au regard de l'homme, elle savait que c'était ce qu'il pensait.

« Nous ne sommes pas ensemble. Je suis ici pour rendre service à son père... non, ce n'est pas ce que je voulais dire! Je... » Mevil l'interrompit.

« Vous n'avez rien à m'expliquer. Ce qui se passe entre vous ne me regarde pas. Pour l'instant, vous êtes dans un pays étranger et dangereux. Il serait préférable que vous nous laissiez, tous les deux, nous occuper de votre sécurité. C'est pour cela que nous sommes là. Vous attirez suffisamment l'attention pour l'instant, il vaut mieux que vous alliez dans votre chambre jusqu'à notre départ tôt demain matin. » Comme si le sujet était clos, Mevil les poussa vers les ascenseurs.

Une fois à l'abri des regards des autres clients de l'hôtel derrière les portes closes de l'ascenseur, Mevil se tourna vers Conrad en fouillant dans ses poches et sortit un cellulaire. Il le lui donna.

« Mon numéro est déjà programmé. » Il en sortit un deuxième qu'il tendit à Livia. Celle-ci ouvrit la main sans empressement et il y déposa le téléphone. Leurs doigts s'effleurèrent un instant et elle sentit les papillons dans son estomac. L'air était tendu dans l'ascenseur et elle n'osa le regarder.

Le moment se rompit par la vibration du téléphone de Mevil. Livia recula brusquement contre les murs froids. Le regard de Conrad allait de Mevil à Livia, les sourcils haussés. Elle l'ignora en laissant tomber le téléphone dans son sac. Elle pouvait voir le paquet que son père lui avait fait parvenir et la raison de son voyage la frappa de plein fouet. Elle ferma brusquement son sac, plus calme.

Mevil raccrocha et échangea quelques paroles en nurésien avec Roberto. Celui-ci hocha la tête, sans plus. L'ascenseur arriva à l'étage de la chambre de Livia. Mevil la précéda à l'extérieur et Livia remarqua le regard en coin plein de sous-entendus de Conrad. Elle tenta de l'ignorer, mais il posa sa main sur son bras. Elle s'en dégagea.

« Livia? » Elle se tourna vers lui, ennuyée. « Ne te laisse pas tenter par les belles paroles d'un étranger, tu es dans son pays... » Elle haussa un sourcil, incertaine de ce qu'il voulait dire. Il lui fit un clin d'oeil et fit un signe vers Mevil qui invitait Livia à le suivre.

« Tu as une drôle d'imagination. » Conrad se mit à rire alors que les portes de l'ascenseur se refermaient sur lui et Roberto. Elle marcha rapidement devant Mevil. Elle n'avait pas besoin qu'un ancien ami de jeunesse, maintenant un étranger, la mette en garde contre un autre étranger. Il n'était pas son père et s'il avait encore la brillance de faire ce genre de commentaires, elle le lui ferait regretter assez rapidement. Elle n'était pas ici pour reprendre son amitié avec Conrad, il avait beaucoup trop changé. Dans le pire des cas, elle trouverait bien un moyen de le retourner au Canada, en cargo si possible. De toute façon, ce n'était pas lui que son père voulait voir. Elle n'avait pas besoin de lui et ses sous-entendus le transformeraient rapidement en boulet.

Elle ralentit le pas. Conrad n'avait pas vraiment tort et sa frustration le prouvait. Mevil ne lui était pas indifférent, mais elle mettait cela sur son sourire en coin, ses yeux brillants, son pas assuré et les muscles qui se pressaient contre sa chemise. Et sur son rôle de gardien.

Elle ne pouvait pas se laisser aller à de telles pensées. C'était beaucoup trop dangereux et elle pourrait oublier la raison de son voyage. Son père avait besoin d'elle. Elle était la seule à pouvoir faire ce qu'il demandait.

Elle soupira. Elle devrait peut-être écouter les conseils de Conrad plus attentivement plutôt que de le voir seulement comme le remplaçant de Guy.

Mevil ne dit rien jusqu'à ce qu'ils atteignent sa chambre. Il devait sans doute la trouver naïve de rougir à chacun de ses regards, mais elle n'y pouvait rien. Elle avait l'impression que la chaleur du pays et l'attention de Mevil la feraient tourner en homard cuit de façon permanente.

Mevil la précéda dans sa chambre et roula sa valise jusqu'au milieu du salon. Sans dire un mot, il fit le tour de la pièce, regardant derrière les rideaux, vérifiant la garde-robe et la salle de bain. Livia l'observa un moment avant de parler.

« Alors? Vous avez trouvé une bombe? Un terroriste? Une souris? » Il ne répondit pas. Sans se laisser démonter, elle reprit. « Il y a une raison à tout cela? » Elle fit un geste pour englober la chambre luxueuse. Mevil haussa les épaules et se passa une main dans ses cheveux d'ébène.

« Pardonnez ma franchise, mais votre apparence... vous trahit. Être une jeune femme à la peau blanche est un problème dans ce pays. À l'aéroport, les soldats vous ont aperçu dès votre arrivée et ils ont dû prendre des mesures supplémentaires pour éviter un incident. Les étrangers sont des proies faciles depuis la fin de la guerre, surtout en ce moment. Nous ne voulons courir aucun risque de vous perdre. » Il se dirigea vers la porte.

« Vous sembliez bien vous entendre avec eux… » Il sourit.

« J'ai passé un peu de temps dans l'armée, jusqu'à ce que leur façon de s'occuper des choses ne m'agrée plus. J'y connais encore beaucoup de personnes. » Il lui pointa la porte communicante au milieu du mur du salon. « Vous pouvez dormir tranquille. S'il y a un problème, je vais être dans la chambre d'à côté. »

« Est-ce que vous connaissiez mon père? » Il s'arrêta, la main sur la poignée. Il hésita avant de se retourner vers elle.

« Je ne l'ai rencontré qu'une fois ou deux, durant la guerre. C'est un homme bien et je suis heureux de savoir qu'il est toujours en vie. »

« Comment l'avez-vous connu? » Il croisa les bras et s'appuya contre le mur.

« Rosalia est ma cousine. Il lui a sauvé la vie et il lui a offert une nouvelle vie, une meilleure vie. » Il avait un regard vague, le front plissé, les lèvres pincées.

Livia n'osa plus lui poser de questions. Elle ne se sentait pas à l'aise de le faire alors que Rosalia n'avait pas cru bon lui parler de sa famille. Pourtant, elle avait passé plus de quinze ans au milieu de sa famille, à être sa meilleure amie depuis la disparition de son père, à être l'assistante de celui-ci lorsque Livia était encore trop jeune pour comprendre ce qu'il faisait pendant toutes ses nuits dans le sous-sol de la maison.

Pourtant, malgré leur amitié, Rosalia n'avait pas cru bon lui parler de ce qu'elle avait vécu en Nurésie et qui l'avait poussée à quitter sa famille, même lorsque la paix était revenue. Elle n'avait pas le droit de poser plus de questions à Mevil alors qu'elle n'en avait jamais posé à Rosalia.

Après quelques minutes d'un silence qui sembla s'éterniser, Mevil sortit de la chambre sans dire un mot. Elle mit la chaîne en place et s'assura que la porte ne pouvait s'ouvrir par erreur. Après avoir tenu son sac fermement contre elle depuis qu'elle avait quitté le Canada, elle le laissa tomber au sol. Tous les indices pour retrouver son père étaient dans ce sac. Tous les indices qui l'aideraient à savoir pourquoi il avait disparu, pour ensuite mourir, pour finalement revenir à la vie sans explications s'y retrouvaient.

Elle tira une chaise près de la table, s'y assied avant de mettre sa tête entre ses mains. Tout lui indiquait que c'était une erreur de poursuivre son père à l'autre bout de la planète. Il aurait dû rester mort, cela aurait été beaucoup plus facile. Après tout, il y avait encore une plaque avec le nom de son père dans un funérarium quelque part au Canada. Cela devait compter, non? C'était une indication qu'elle n'avait rien à faire ici.

Livia soupira. Elle avait accepté de suivre Conrad lorsqu'il l'avait convaincue que son père avait besoin d'aide et qu'il ne revenait pas des morts si ce n'était pas important.

Pendant leur adolescence, ils étaient inséparables. Elle avait été choquée de le voir arriver devant sa porte, après dix ans d'absence et de silence, seulement quelques heures après avoir découvert que son père était vivant et en danger.

Si Conrad s'était présenté chez elle après qu'elle ait eu le temps d'absorber que son père était maintenant un mort-vivant, elle aurait probablement refusé de le suivre. Elle aurait probablement refusé de pourchasser son père à l'autre bout de la planète. Elle n'avait rien contre les zombies, mais elle préférait les laisser en paix.

Elle n'avait plus le choix. Elle était maintenant en Nurésie, avec Conrad, sous la garde d'un homme dont elle n'avait jamais entendu parler. Elle devait parler à Rosalia, il était temps qu'elles discutent de ce qui les liait toutes les deux.

Chapitre 4

« Qu'est-ce que tu sais sur mon père? » Rosalia garda le silence alors que Livia jouait avec le cordon du téléphone de l'hôtel. « Je suis en Nurésie à sa recherche, j'ai le droit d'en savoir plus sur lui. » Rosalia soupira.

« Je ne suis pas à l'aise d'en parler au téléphone. On pourrait nous écouter. » Livia sentait sa patience s'affaiblir.

« Je n'ai pas le temps de jouer à des devinettes. Qui pourrait nous écouter? Le pape? De quoi as-tu peur? Est-ce que tu savais que mon père était toujours en vie? » Elle avait lancé sa dernière accusation pour forcer son amie à tout lui dire. Rosalia soupira à nouveau.

« Tu poses beaucoup trop de questions. »

« Et je suis à des milles de chez moi, avec des inconnus... » Rosalia l'interrompit.

« Tu as Conrad, non? Et tu peux faire confiance à Mevil. »

« Je sais, c'est ton cousin. Mais tant que tu n'es pas plus franche avec moi, tant que tu ne réponds pas à mes questions, je ne sais pas si je dois lui faire confiance. Pour ce qui est de Conrad, il a tellement changé en dix ans que je le connais aussi bien qu'un étranger. » Elle tendit la main vers le menu du service aux chambres. Elle n'avait toujours pas mangé et son estomac grognait d'avoir été ignoré pendant aussi longtemps. Il avait cessé de protester lorsque le militaire s'en était mêlé, mais maintenant qu'elle était seule, il lui rappelait sa présence.

« Ton père travaillait sur un projet qui a attiré l'attention de certaines personnes très dangereuses. Il était aussi passionné que toi par la botanique, mais il a poussé ses recherches plus loin que tu ne pourrais le croire. Moi-même, je n'y comprends rien. Je l'ai rencontré lorsqu'il était dans mon village, juste avant la guerre. Il voulait trouver une plante particulière à la région et il a approché ma grand-mère et le chef du village pour en savoir plus. Ma grand-mère n'a rien voulu lui dire et le chef avoua à ton père que ma soeur et moi avions suivi ses enseignements.

On l'a aidé à trouver ce qu'il voulait, et je dois l'admettre, plus qu'il ne l'espérait. » Un froissement lui fit tourner la tête vers la porte. Quelqu'un était là, elle pouvait voir son ombre sous la porte et poussa un bout de papier dans la chambre.

« Qu'est-ce que tu veux dire? »

« Une plante avec des propriétés exceptionnelles. Un lierre. C'est ce qui l'a mis dans le pétrin. » Livia se leva, garda le téléphone fermement en main et ouvrit la porte. Il n'y avait personne. Il était trop tard pour tenter de poursuivre la personne.

« Et pourquoi est-ce qu'il t'a pris sous son aile? Pourquoi t'emmener jusqu'au Canada? Tu ne connaissais rien à nos plantes, tu ne pouvais pas lui être utile. » Elle se pencha et ramassa la lettre.

« La guerre s'est déclenchée peu après et notre village a été dans les premiers à être touché par les rebelles. Ton père m'a aidée à m'enfuir et à me réfugier dans la famille de mon cousin. Mais comme ils étaient du côté de la police, ce n'était pas un endroit sûr pour moi. Finalement, ton père a du quitter le pays en même temps que les autres étrangers quand la guerre civile fut inévitable. Il n'avait pas fini ses recherches sur le lierre et il a réussi à me faire sortir du pays pour que je l'aide. » Il n'y avait pas d'écriture sur l'enveloppe scellée. Ce devait être une erreur, personne ne pouvait savoir qu'elle était ici. Elle ne l'avait su elle-même que deux heures auparavant. Rosalia continuait son histoire.

« Et en quoi tout cela me mène-t-il en Nurésie aujourd'hui? »

« Il n'a pas partagé ses recherches avec qui que ce soit. Il est probablement en Nurésie pour les compléter. » Livia ne l'écoutait qu'à moitié. La lettre était plus intrigante. Elle l'ouvrit et en sortit une simple feuille pliée en trois.

« Il n'a rien dit à Guy? Qui était derrière son enlèvement et sa mort? » Livia se sentit pâlir en lisant les quelques mots posés à la hâte sur le papier.

« Je ne crois pas que Guy ait eu accès à cette partie de ses recherches. Ils en parlaient, mais ton père a toujours gardé les semences précieusement. J'étais la seule à pouvoir m'occuper des plantes, pas même ta mère ne pouvait les approcher. Pour le reste, je n'en sais rien. J'ai cru qu'il était mort, comme tout le monde. » Livia hocha la tête. Malgré la conviction dans la voix de son amie, la lettre lui faisait douter d'elle. Quelqu'un devait savoir pour son père, quelqu'un était venu dans leur maison pour l'enlever. Ces mêmes personnes devaient être derrière l'annonce de sa mort.

Et cette personne venait de la mettre en garde contre tous ceux autour d'elle.

« Je dois aller manger, je te rappelle plus tard. » Sans attendre la réponse de Rosalia, elle claqua le combiné du téléphone sur son socle. Elle lut les mots à voix haute pour se convaincre de leur existence.

Une chambre t'attend à Kiralis. Ne montre pas le contenu du paquet à qui que ce soit. Ne fais confiance à personne. Garde précieusement ce qui t'a été confié. Charles.

Son père.

Il devrait attendre.

Elle devait se changer les idées, elle aurait beaucoup de temps pour penser avant de revoir son père. Elle ne pouvait rien faire avant d'arriver à Kiralis où une série de problèmes ne manqueraient pas de lui sauter au cou.

Elle posa la lettre près de son sac et commanda un souper. Elle savait que c'était beaucoup trop de nourriture pour elle seule.

Elle n'aimait pas cette chasse au trésor. Elle ne croyait pas que les recherches de son père, ou celui-ci, en valait suffisamment la peine. Sa mère et elle n'avaient pas compté pour beaucoup pendant les dix dernières années, elle ne croyait pas lui devoir autant de dévouement.

Elle n'avait pas sommeil, mais elle savait qu'après son souper, elle devrait se mettre au lit. Ils devaient partir tôt au matin, et elle voulait être en forme pour dire sa façon de penser à son père.

Elle alla dans la petite cuisine à la recherche d'une bouilloire qu'elle remplit d'eau avant de retourner à la table. De son sac, elle sortit la boîte qu'elle avait créé avant de partir de chez elle. À l'intérieur, il y avait plusieurs sachets contenant différentes herbes et fleurs. Elle choisit deux sachets et laissa tomber une pincée de chacun dans une tasse. Elle aurait un bon sommeil et serait capable de réfléchir au matin, plutôt que de concocter une vengeance envers son père.

Elle versa l'eau chaude dans sa tasse et allait prendre une gorgée lorsqu'elle fut interrompue par un frappement à sa porte.

« Un moment! » Elle déposa sa tasse et ouvrit la porte sans prendre la peine de regarder par l'oeillet. Elle avait faim et le visage de Conrad n'était pas la chose que son estomac réclamait. « Qu'est-ce que tu veux? » Il se mit à rire.

« Tu sembles déçue que ce soit moi. Est-ce que tu attendais quelqu'un d'autre? » Son ton supposait beaucoup trop de choses pour apaiser Livia.

« Mon souper. » Conrad fit un pas à l'intérieur de sa chambre, mais elle resta en place pour lui bloquer le passage. Il tenta de regarder par-dessus son épaule.

« Est-ce que tu m'invites à entrer ou tu as déjà de la visite? » Livia serra les poings.

« Tu ne qualifies pas de souper. » Il eut une moue piteuse.

« Ne le prend pas comme ça, j'essaie juste de détendre l'atmosphère. Je peux entrer? On a des trucs à discuter et j'aimerais éviter les oreilles indiscrètes. » Elle se poussa pour le laisser entrer, mais dès que la porte fut refermée derrière elle, quelqu'un d'autre frappa. Cette fois-ci, elle pouvait sentir l'odeur de la nourriture se glisser sous la porte et la salive se forma dans sa bouche. Elle ouvrit aussitôt la porte et le garçon poussa la table à l'intérieur de la chambre.

Livia lui tendit un billet, il s'inclina et les laissa seuls.

« Wow, tu crois boire tout ça de thé pendant nos vacances? » Livia se précipita vers la table où elle avait laissé sa boîte ouverte. Il avait pris un sachet entre ses doigts et elle s'empressa de le lui enlever. Elle s'assura que tous ses sachets étaient à nouveau rangés à leur place avant de fermer la boite dans un claquement sec. Elle poussa la boite hors de la portée de Conrad, éloigna son sac à main et déposa les assiettes sur la table. Elle s'assit et commença à manger sans en offrir à Conrad.

« Nous ne sommes pas en vacances et tu ne touches pas à mon thé. »

« J'y faisais attention, qu'est-ce qu'il a de si exceptionnel? » Livia se rendit compte qu'elle avait peut-être agi trop vivement. Elle haussa les épaules.

« Rien, mais tu n'as pas à fouiller dans mes affaires. » Elle repensait toutes les fois qu'elle l'avait surpris à jeter un coup d'oeil vers son sac à main. Probablement une simple curiosité, mais les mots qu'elle venait de recevoir la hantaient.

Conrad se mit à rire. Elle savait que c'était ridicule, qu'elle n'avait qu'elle-même à blâmer pour avoir laissé sa boite ainsi à la vue, alors qu'elle aurait préféré que personne n'en sache l'existence, mais elle avait cru pouvoir passer la soirée seule.

« Je ne fouillais pas. La boite était ouverte et comme j'aime le thé, je voulais juste savoir quelle sorte tu traînes avec toi de l'autre côté de la planète. Tu savais que la Nurésie fait un excellent thé? » Livia secoua la tête en prenant une gorgée du liquide brûlant. Il pointa sa tasse. « J'ai goûté au tien, il n'est pas mal non plus. » Elle soupira.

« Est-ce que tu es toujours ainsi ou juste en ma présence? Tu aurais pu me demander d'y goûter avant de te servir. Tu ne sais pas ce qu'il y a là-dedans... » Elle remarqua la lueur dans ses yeux et s'arrêta avant d'en dire trop.

« Ce n'était qu'une petite gorgée du tout! Toute petite! » Il sourit, pinça son index sur son pouce pour lui montrer la quantité qu'il croyait avoir pris. Il tentait de l'amadouer et Livia s'adoucit en souriant à son tout. Après tout, il n'avait pas voulu faire de mal, il était peut-être un peu rude dans ses manières, mais il essayait de recréer leur ancienne amitié.

« Elle était de trop. » Elle tira un plat à elle et mangea avec appétit. Conrad se leva pour aller chercher une fourchette et revint à la table. Livia le regarda, suspicieuse. « Qu'est-ce que tu fais? »

« Je vais t'aider à passer à travers le repas. J'ai faim et je n'ai pas pris la peine de manger avant de venir. » Avant qu'elle n'ait pu l'en empêcher, il plongea la fourchette dans le bol de riz frit et engouffra une bouchée avant de parler en mastiquant. Livia pouvait voir la nourriture bouger d'une joue à l'autre, entendre le son mouillé qu'il faisait pour l'empêcher de tomber de sa bouche, et elle n'arrivait pas à se concentrer sur ce qu'il disait. Elle ferma les yeux, dégoutée, mais le bruit de succion était pire.

« Avale au moins ta bouchée avant de parler. »

L'hôtel ne lui avait pas fourni d'assiettes individuelles avec le repas. Elle poussa le riz vers Conrad, se leva pour aller chercher deux assiettes et revint se servir de tous les plats, à l'exception du riz. Elle posa la deuxième assiette devant Conrad qui n'eut pas besoin de plus d'encouragement pour se servir à son tour.

Conrad pointa sa main gauche. Livia posa son regard sur la cicatrice en forme d'étoile qui couvrait tout le dos de sa main. La cicatrice blanche contrastait sur son hâle.

« Je ne me souviens pas de ça. »

« Une brûlure. Elle n'a jamais guéri. »

« Tu n'as pas pensé la faire disparaître? Chirurgie peut-être? » Livia secoua la tête.

« Elle ne me dérange pas. En fait, je ne sens rien. » Conrad engouffra une bouchée de boeuf avant de reprendre le fil de sa pensée.

« Pour demain, j'ai pensé qu'on pourrait se débarrasser de Mevil et de Roberto le plus tôt possible. » Livia reposa sa bouchée sans y gouter.

« Pourquoi? Ce qu'il a organisé n'est pas si mal. C'est grâce à Rosalia qu'on a pu entrer en contact avec lui. Il connait le pays, il connait les dangers, je suis certaine qu'il peut nous empêcher de nous mettre dans le pétrin. » Conrad garda son attention sur sa propre fourchette sur laquelle un morceau de poulet se tenait en équilibre précaire.

« Est-ce que tu as remarqué les regards qu'il te lance? Il a peut-être accepté ce travail à cause de Rosalia, mais je suis certain que son intérêt a augmenté grâce à ton apparence. C'est lui qui dit que ta présence peut causer des problèmes. »

« Au moins il nous l'a fait remarquer. » Conrad se pencha vers l'arrière pour mieux la regarder. Livia fit semblant de ne pas le remarquer et continua de manger. La nourriture était délicieuse.

« J'ai un contact à Kiralis, Paolo. Il va nous aider à retrouver la trace de ton père. Il était dans l'armée lors de la guerre civile, comme consultant. Il est efficace. » Il passa sa main dans ses cheveux blonds.

Livia ne put s'empêcher de remarquer la différence entre la pâleur presque livide de Conrad et le teint foncé, ensoleillé de Mevil.

« Tu l'as déjà rencontré? Où? Tu lui fais confiance? »

« Il était ami avec Guy et Charles. Lorsque mon père lui a parlé de la situation, il a accepté de tout laisser tomber pour retrouver Charles. Il a une dette en vers lui qu'il tient à payer. » Il y eut un silence. « Oui, je lui fais confiance. » Livia n'aimait pas l'idée de suivre une personne qui ne lui avait pas été conseillée par quelqu'un qu'elle connaissait déjà.

Dans cette situation, Rosalia était son meilleur contact. Elle avait peut-être connu Guy et Conrad, mais c'était dans une autre vie. Comme s'il avait lu dans sa tête, Conrad se pencha vers elle.

« Comment peux-tu faire confiance à Melvil? À part qu'il semble te plaire? Oui, il connait Rosalia, mais est-ce que tu t'es déjà demandé pourquoi Rosalia était restée avec toi après la disparition de ton père? Pourquoi ceux qui étaient derrière son enlèvement ne vous ont jamais embêté? » Livia secoua la tête. Elle était tellement habituée à la présence de Rosalia qu'elle la voyait comme faisait partie de sa famille et elle n'avait aucune raison de douter de ses motivations. Conrad hocha la tête, un sourire victorieux accroché à ses lèvres. « Personne ne vous a embêté parce qu'elle était là pour vous surveiller. Elle en sait plus qu'elle ne veut bien l'admettre. Elle connait l'importance des travaux de ton père, elle était là, tous les jours, dans son laboratoire. Ils auraient dû l'enlever en même temps que Charles, mais ils l'ont laissé chez vous. Même mon père, qui travaillait avec lui, n'en savait pas autant qu'elle. » Livia secoua la tête. Rosalia était là comme amie, elle s'était occupée d'elle et de sa mère par respect pour son père qui l'avait sauvée de la guerre. Elle ne se serait pas retournée contre eux. Pas après ce qu'elle devait à son père.

« Justement, ils n'ont pas embêté Rosalia, mais ils ne vous ont pas plus ennuyé. »

« Ils l'ont fait. On n'avait pas le droit de vous approcher... »

« Mais..? » Il leva la main pour la faire taire.

« Mon père a voulu t'avertir du danger. En chemin, il a eu un accident qui l'a cloué dans un fauteuil roulant. » Livia secoua la tête. Elle ne pouvait croire avoir été assez dupe pour ne pas réaliser que quelque chose sonnait faux dans toute cette histoire. Elle avait cru que Conrad avait changé et qu'il cachait quelque chose. Mais il n'avait pas eu le choix, sa vie en dépendait, et celle de son père.

Après tout, son père n'était sorti de sa mort que pour avertir Guy et elle-même. Il n'avait pas fait confiance à Rosalia à qui elle disait tout. Elle regarda la nourriture devant elle. Elle n'avait plus faim. Elle voulait être laissée seule. Elle voulait retrouver son père, lui redonner le paquet qu'il lui avait envoyé et lui dire qu'elle en avait terminé avec ses histoires, qu'elle ne voulait plus rien savoir de ses recherches.

Elle voulait retourner au Canada le plus tôt possible, détruire tout ce qui restait des travaux de son père, et se contenter de jardiner avec les mêmes moyens que tout le monde, et non pas avec ce que son père lui avait transmis.

Dans son message qui accompagnait la boite, son père lui avait demandé de s'occuper de son contenu, de le garder à l'abri de ceux qui y porteraient trop d'attention. *Tu sais ce que tu dois en faire.* Elle avait cru savoir ce qu'il voulait, mais elle n'en était plus certaine. *Lorsque viendra le temps, rejoins-moi à Kiralis, avec la boite. Quelqu'un va t'y attendre.* Conrad était arrivé à ce moment avec un mot de Charles à l'intention de Guy, qui sans être identique au message qu'elle avait elle-même reçu, indiquait que Charles voulait que Guy et elle le rejoignent le plus tôt possible à Kiralis.

Livia n'avait pas eu le temps de réfléchir sur le sens caché du message, s'il y en avait un. Il y avait si longtemps qu'elle n'avait pas parlé à son père, huit années depuis sa disparition au milieu de la nuit, et quatre années depuis l'annonce de sa mort, qu'elle avait oublié le code que son père et sa mère utilisaient en présence d'étrangers pour communiquer entre eux.

Mais dans son premier message, il ne lui avait pas dit de se méfier de Rosalia, ou de Guy, ou de n'importe qui d'autre. Il se fiaitau code. Et elle ne se souvenait pas du code.

« Je suis désolée... Mais tu crois vraiment que Rosalia sait les raisons de la disparition de mon père? » Conrad hocha la tête.

« Est-ce que tu as la boite de ton père avec toi? » Livia repoussa l'assiette devant elle et croisa les bras.

« C'est ce qu'il nous a demandé, non? »

« Est-ce que tu sais pourquoi il nous les a envoyés pour ensuite nous demander de venir le rejoindre ici? » Livia secoua la tête en fronçant les sourcils.

« Et toi? Ou Guy? »

« Non. Est-ce que tu l'as ouverte? » Livia plissa les yeux. Il n'y avait que très peu de personne qui connaissait la façon de l'ouvrir. Sa mère avait créé le système et quiconque tentait de passer par-dessus la sécurité en détruisait le contenu. Elle se rappela les mises en garde de Rosalia et celles des messages de son père.

« Non, je n'ai jamais appris comment. » Conrad se redressa sur sa chaise, mais ne dit rien.

« Guy non plus. Il disait que Charles était paranoïaque même quand il n'y avait rien à craindre. » Il regarda autour de lui. « Où est-elle? » Livia haussa les épaules.

« En sécurité. Mon père était peut-être paranoïaque, mais les événements ont prouvé qu'il avait raison. Tu savais qu'après sa disparition, alors que maman et moi on était en vacances avec Rosalia, quelqu'un est entré chez nous et a tout fouillé? »

Conrad se figea.

« Est-ce qu'ils ont trouvé quelque chose? » Livia remit les couvercles sur les plateaux et tira sa tasse de thé refroidi vers elle.

« Je ne crois pas. Charles avait l'habitude de séparer ses recherches en petits morceaux qu'il dispersait entre différents cahiers et notes. Sans connaître sa manie, une personne n'aurait rien trouvé d'important dans son laboratoire. »

« As-tu jeté un coup d'oeil à ses notes? » Livia ne répondit pas et but une gorgée de son thé. Il soupira et s'appuya contre le dossier de sa chaise en se croisant les bras, la nourriture oubliée. « Je suis désolé, je pose trop de questions. Je me suis vraiment inquiété pour toi et je voudrais pouvoir retourner dans le temps et que mon père et moi soyons là pour vous. » Livia hocha la tête à son ton sérieux.

« Je me suis vraiment sentie abandonnée par tout le monde. Encore plus lorsque maman est morte deux ans après la mort de… après que mon père ait prétendu être mort. J'aurais aimé avoir mon confident avec moi… » Son regard se perdit derrière Conrad.

« Il n'est pas trop tard, je suis là maintenant pour t'aider à retrouver ton père. » Elle hocha la tête et déposa sa tasse sur la table. Sa voix profonde était apaisante et elle n'avait plus le goût de se battre contre lui, de lui faire porter le poids de ses rancoeurs. Il n'était pas responsable des actions de son père. « Qu'est-ce que tu es devenue depuis? » Il avait repris un ton enjoué qui lui rappelait son ami d'enfance. Elle haussa les épaules en souriant.

« Avec l'aide de Rosalia, on a notre propre série de thés et tisanes organiques. Charles m'a enseigné comment prendre soin des plantes pour obtenir les meilleurs résultats. Rosalia fait venir le thé vert de Chine et on rajoute des saveurs et des fleurs pour lui donner d'autres bienfaits pour la santé. Je n'ai pas beaucoup de contact avec les gens, ça me plaît. Et toi? »

« Mais c'est génial! Et ça fonctionne? J'ai toujours su que tu étais trop indépendante pour te retrouver dans un bureau, en ville. Tu n'étais pas faite pour être entourée de monde. Je t'envie. » Il soupira. « Guy travaille maintenant à la synthèse des propriétés de certaines plantes pour une compagnie pharmaceutique. Il voulait que je suive ses traces, mais je n'aime pas plus la botanique que les compagnies qui n'existent que pour faire du profit sur le dos des malades. » Livia hocha la tête en continuant de boire son thé. « J'ai fait mes études en web design. »

« Alors est-ce que tu sais sur quoi ils ont travaillé? » Il secoua la tête.

« À part que ça impliquait des plantes? Rien. Lorsque je lui ai dit ce que je voulais faire, Guy s'est renfermé sur lui-même et ne m'a rien dit de son travail depuis. »

« Est-ce que je peux voir la boite de mon père? » Conrad ouvrit ses mains devant elle.

« Je vais te la montrer lorsqu'on va être à Kiralis. Il y a trop de monde ici, je préfère ne pas prendre de chance. »

« Je comprends. » Elle se mit à bâiller. Elle se sentait fatiguée, elle n'aurait pas dû mettre autant d'herbe dans son thé. Elle n'avait pas pris en considération qu'elle n'avait pas dormi depuis qu'elle avait reçu le paquet de son père.

« J'ai besoin de dormir. On s'en reparlera demain... » Conrad pointa la nourriture sur la table.

« Je peux? » Elle se leva et rangea la boite de thé dans son sac.

« Prends ce que tu veux et va-t'en. » Elle força un bâillement. « On se voit demain et on décide de ce qu'on fait à ce moment-là. » Conrad se leva et poussa le petit chariot devant lui.

« À quelle heure est-ce que Mevil voulait qu'on soit en bas? »

« À 6h. » Il sortit de la pièce en souriant.

Chapitre 5

Livia s'assura que la porte était bien fermée derrière lui. Elle le sentait constamment aux aguets, analysant ses paroles et ses gestes, cherchant à tout savoir sur elle. C'était trop facile d'effacer tout ce qu'elle avait cru au cours des dernières années et de reprendre son amitié avec lui. Elle voulait tout lui raconter, tout lui dire ce qu'elle avait vécu et elle en voulait un peu à Rosalia de lui avoir fait promettre de ne pas dire qu'elle pouvait ouvrir sa boite, et probablement celle de Guy. Elle l'admettrait dès qu'elle saurait quelle était la part du contenu de la boite dans la disparition, et la réapparition, de son père.

Elle réchauffa son thé et se laissa tomber dans le divan. La présence de Conrad lui avait coupé son moment de relaxation même si elle était contente de pouvoir reprendre contact avec lui. Malgré la fatigue, elle n'était pas encore prête à se mettre au lit. Elle voulait avoir le temps de réfléchir avant que les événements de la journée ne lui donnent des cauchemars. Elle devait également être prête à faire face à Conrad et Mevil au matin, et décider lequel des deux elle suivrait jusqu'à Kiralis. Conrad lui avait bien fait comprendre qu'il ne faisait pas confiance à Mevil à cause de son lien avec Rosalia et qu'il ne le suivrait pas plus loin. Elle ne savait pas quelle était la position de Mevil, mais il n'avait pas semblé être impressionné par l'attitude de Conrad. Pour l'instant, elle penchait en faveur de Mevil à cause de sa relation avec Rosalia.

Le journal du soir avait été posé sur la table du salon et Livia le feuilleta pour se changer les idées. À son grand soulagement, le texte était en français.

La première page faisait mention des élections qui auraient lieu au mois prochain. Les autorités conseillaient aux étrangers de quitter le pays avant que la situation avec les groupes terroristes ne s'envenime. Ceux-ci demandaient la libération de leur chef, un homme arrêté pour des crimes commis lors de la guerre civile, et dont le procès devait commencé dans les jours suivants.

L'explosion d'une bombe, quelques jours plus tôt près d'un édifice gouvernemental, avait été revendiquée par ce groupe. Les autorités faisaient état de cinq morts et d'une dizaine de blessés. Les terroristes promettaient le même scénario à différents endroits de la ville si le procès avait lieu. L'armée avait été appelée en renfort, et plusieurs points de contrôle sur les routes sortant de la capitale avaient été établis pour prévenir une nouvelle attaque. Livia renifla. Ce n'était pas cela qui empêcherait des gens très motivés à passer aux actes. Cependant, avec ce genre de mesures, la population avait un faux sentiment de sécurité qui permettait aux autorités de garder le calme.

Elle comprenait maintenant pourquoi le soldat avait ainsi agi à l'aéroport. Même s'il était évident que Conrad et elle-même étaient des étrangers, dans une telle situation politique, les étrangers étaient habituellement les premiers visés. Elle avait été naïve de croire que les soldats étaient à l'aéroport à cause de son lien avec Charles. Après tout, bien peu de personnes savaient qu'elle était dans le pays, et encore moins feraient le lien entre Livia Dubuc, le nom de jeune fille de sa mère, et Charles Bertrand.

Elle tourna la page du journal et se figea. Il y avait eu plusieurs morts mystérieuses à quelques kilomètres de Kiralis. La mousson battait son plein dans la région et avait causé plusieurs glissements de terrain, empêchant les autorités de rejoindre le village pendant plusieurs jours. Une cinquantaine de personnes avaient été retrouvées mortes et les premières expertises indiquaient qu'elles avaient été asphyxiées. Il n'y avait que de la jungle autour du village et les autorités étaient perplexes sur la cause de ces morts subites. Une équipe de scientifiques de plusieurs domaines étaient en route vers Kiralis et les environs pour établir les causes exactes de ces morts.

Livia soupira. Il y aurait beaucoup d'activités à Kiralis, plus que son père ne pourrait l'endurer s'il voulait rester incognito.

Elle referma le journal, dégoûtée. Ce n'était que des morts, une nouvelle guerre et de la politique. Rien pour lui remonter le moral. Elle s'enfonça dans le divan et termina son thé. Elle se demandait maintenant pourquoi son père la faisait venir dans ce pays dans un moment instable. C'était peut-être cela qu'il avait voulu éviter en mentionnant de le rejoindre *lorsque le temps viendra*. Il voulait peut-être mettre la boite en sécurité au Canada jusqu'à ce que le calme revienne en Nurésie.

Livia se leva et ferma les rideaux du salon. Elle apporta ensuite son sac au salon, sortit la boite que son père lui avait envoyée et la dépose sur la table à café. Elle regarda autour d'elle, s'attendant à tout instant à ce qu'un espion surgisse devant elle, avant de prendre une grande inspiration.

La boite n'était pas plus grosse qu'un livre de lecture bien épais. Elle avait la couleur riche et foncée du bois d'acajou en plus de sa texture. Livia se souvenait d'en avoir vu plusieurs dans le laboratoire de son père, mais elles étaient toutes plus grosses que celle qu'elle avait devant elle. Charles les utilisait pour ranger ses véritables cahiers de recherches, comme il aimait le lui préciser. Ses autres cahiers reposaient éparses sur sa table de travail, les informations sur une expérience dispersées dans plusieurs cahiers. Guy lui en avait déjà fait le reproche, prétextant que personne ne pourrait jamais les reproduire. Charles avait haussé les épaules sans rien dire.

Livia passa ses doigts sur les côtés de la boite et appuya légèrement à des endroits précis, comme un casse-tête qu'elle pouvait faire les yeux fermés. Sa mère Isabelle avait développé toutes les technologies pour construire la boite et après la mort de Charles, elle avait obligé sa fille à apprendre la séquence. Livia avait ronchonné, mais s'était appliquée à effectuer les mouvements en peu de temps.

Après quelques secondes de manipulation, le couvercle se

détacha de la surface lisse de la boite. Livia le souleva et regarda à nouveau le contenu.

Il y avait deux sachets. L'un contenait une poudre jaune-orangée, l'autre quelques graines pourpres. Rien ne lui indiquait le nom ou les propriétés de l'un ou l'autre. Elle espérait que les explications se trouveraient dans la boite confiée à Guy. Livia replaça le couvercle et la boite se scella d'elle-même. Ce n'était pas en regardant les deux sachets qu'elle comprendrait mieux la mission que son père lui avait donnée. Elle rangea la boite dans son sac, à côté de sa boite en carton contenant ses herbes et thés. Elle devait être plus prudente en présence de Conrad. Il avait avoué lui-même ne pas avoir suivi les traces de Guy et elle ne voulait pas qu'il mélange ses herbes au hasard.

Après s'être assuré que tout était en ordre, elle se laissa tomber dans le lit sans prendre la peine de se changer et elle s'endormit aussitôt.

Livia eut l'impression que seulement quelques minutes s'étaient écoulées lorsqu'elle sentit une présence étrangère dans sa chambre. Elle tenta d'ouvrir les yeux, mais ils étaient beaucoup trop lourds. Son coeur se mit à battre plus fort dans sa poitrine, l'empêchant d'entendre les pas de la personne. Elle ne réussissait pas à bouger, ni à ouvrir la bouche pour parler ou crier. Elle le devait pour avertir Mevil, mais une main se plaqua sur sa bouche et la panique la gagna. On l'enlevait et elle ne pouvait rien faire contre eux. Elle était paralysée.

Chapitre 6

Livia tenta de se rappeler les herbes qu'elle avait mélangées dans son thé, craignant une erreur, mais elle avait vérifié la couleur et l'odeur. Au goût, rien ne semblait avoir changé.

La lourdeur dans ses bras et ses jambes commençaient à disparaître et elle se débattit, sans que cela ne change quoi que ce soit à sa situation. La main sur sa bouche se fit plus pressante et une voix lui chuchota à l'oreille.

« Livia, c'est moi, Conrad! » Il était avec eux. Il s'était imposé à elle pour semer le doute, pour l'amadouer, pour en savoir plus sur son père. Elle tenta un coup de pied, mais il s'assied sur elle et l'immobilisa. Elle se calma, attendant que l'attention de Conrad se relâche pour s'enfuir. Elle pouvait maintenant ouvrir les yeux et elle vit qu'il n'était pas seul. Elle ne pouvait voir que sa silhouette contre les lumières à l'extérieur de la fenêtre de sa chambre. Il faisait encore nuit, malgré le ciel qui commençait à pâlir.

« Écoute-moi au lieu de te débattre! » Livia croisa son regard bleu. Dans la pénombre, il semblait désolé de devoir la trahir, mais elle ne se laisserait pas convaincre aussi facilement. Il n'avait pas pu la kidnapper à partir du Canada, il aurait eu quelques difficultés à expliquer pourquoi elle n'était pas coopérative, ou pourquoi ses bagages devaient être dans une soute pressurisée. Elle réfléchissait déjà à sa vengeance. À quel point certaines de ses herbes pourraient le faire halluciner pendant des heures, ou le torturer, à son aise. Elle sourit à l'idée qu'elle en avait glissé dans sa boite de thé. Il ne savait pas encore à qui il avait à faire.

« Si j'enlève ma main, est-ce que tu vas crier? » Elle hocha la tête. Il soupira et garda la main en place. L'autre homme parla avec un accent anglais.

« Il faut se dépêcher, ils vont arriver d'une minute à l'autre. » Livia sentit l'espoir lui réchauffer les membres. Elle devait gagner du temps pour que les « ils » arrivent et la sortent de ce problème. Conrad fit un signe vers l'homme à la fenêtre.

« Voici Paolo, mon contact. Il est arrivé ici il y a une demi-heure. D'après ses informations, Roberto et Mevil travaillent pour l'homme responsable de la disparition de ton père. C'est un homme très dangereux et il ne faut pas perdre de temps ici. Tu dois me faire confiance. » Livia secoua la tête malgré l'urgence qu'elle entendait dans sa voix. Elle voulait qu'il dise la vérité plutôt que de croire qu'elle était en danger. « On n'a pas le choix! Tout ce qu'ils veulent est le contenu de nos boîtes. On doit retrouver ton père. » La résolution de Livia s'effondrait. Elle ne voulait pas être forcée de prendre une décision aussi rapide et pleine de conséquence que celle qui l'avait emmenée en Nurésie. Le sommeil menaçait de revenir et ses membres, qu'elle avait cru départi de leur engourdissement, ne répondaient plus à ses commandes. Conrad la relâcha.

« Est-ce que ça va? » Il enleva la main de sur sa bouche.

« Tu m'as fait peur… » Sa voix n'était qu'un murmure. Conrad se tourna vers Paolo qui se précipita vers elle. Il lui prit le poignet et la força à ouvrir les yeux.

« Elle a été empoisonnée. Il faut la sortir d'ici tout de suite. » Livia hocha la tête en ouvrant la bouche à plusieurs reprises. Elle se sentait comme un poisson hors de l'eau, aussi stupide et désemparée. Elle n'arrivait plus à former de phrases cohérentes et les mots lui échappaient avant d'atteindre ses lèvres.

« Livia? Livia! » Conrad la secoua et elle ouvrit péniblement les yeux. Elle voyait la crainte dans son regard. « On va te sortir d'ici. Ça va aller. » Livia hocha à nouveau la tête. Elle sentit les bras de Conrad la soulever doucement et elle perdit connaissance.

Chapitre 7

« Tu es certaine qu'il s'agit bien de son écriture? » Assise à la table et buvant lentement une tisane, Rosalia lisait la lettre accompagnant le paquet que Charles avait fait parvenir à Livia. Elle hocha la tête.

« Tu peux la comparer à toutes ses notes. C'est de lui. » Son ton était assuré, calme.

« Mais il est mort! Il ne peut pas me demander de lui rendre service d'outre-tombe! C'est pas comme ça que ça fonctionne! » Livia faisait les cent pas au milieu de la cuisine. Rosalia lui servit une tisane.

« Il semblerait que quelqu'un se soit trompé. » Livia s'arrêta un moment pour mieux l'observer.

« Tu es sérieuse? Comment est-ce qu'on peut se tromper? Un cadavre reste un cadavre. Un mort ne décide pas, quatre ans plus tard, de revenir à la vie. La dernière fois que j'ai entendu une histoire comme ça, le gars est revenu à la vie après trois jours, il y a deux mille ans. »

Livia n'avait pas pris la peine d'ouvrir le paquet. Elle ne voulait pas savoir quelle magie son père avait utilisée pour se transformer en zombie.

« Il avait peut-être une bonne raison de se faire passer pour mort... » Livia se passa la main sur le front.

« Et mentir à ma mère? On l'a déjà enterré, j'ai fait mon deuil et maman n'est plus là pour apprécier son retour. » Rosalia poussa une tasse dans sa direction.

« Calme-toi. » Elle pointa vers le paquet. « Peut-être qu'il y a une réponse là-dedans? » Livia secoua la tête et avala d'un trait le liquide brûlant en tremblant.

« Si c'est mon père qui m'a envoyé ça, il n'y aura pas de réponse dans la boite. Juste plus de questions. »

Le téléphone sonna. Livia se figea sur place, les yeux exorbités. « C'est peut-être lui? » Rosalia se contenta de sourire en secouant la tête.

« Tu as beaucoup trop d'imagination. » Elle se leva pour

répondre. Elle fronça les sourcils avant de tendre le téléphone à Livia.

« Livia? C'est moi, Guy! Comment ça va? » Surprise, Livialaissa tomber le téléphone au sol. Lentement, elle le reprit, les lèvres pincées.

« Guy? Ça fait quoi, huit ou neuf ans? »

« Je sais, mais j'ai été très occupé. » Sa voix chevrottait, comme s'il avait froid.

« Trop occupé pour te présenter aux funérailles de mon père? De ma mère? »

« Ton père est vivant. » Les yeux de Livia cherchèrent le réconfort du visage de son amie. « Il m'a envoyé une lettre et un paquet. »

« Il est mort. »

« Livia! Il a spécifié dans son message que tu avais également reçu ses instructions. Il n'a pas été précis, mais il veut qu'on aille le rejoindre en Nurésie. » Livia prit la lettre et la relut.

« Non. Il a dit qu'il fallait qu'on trouve la solution avant d'aller le rejoindre. »

« On n'a pas de temps à perdre, ton père est en danger. » Livia ignora la tension dans sa voix.

« Est-ce qu'il resterait mort cette fois-ci? »

« Cesse tes enfantillages, on dirait que tu n'as pas vieilli depuis la dernière fois qu'on s'est parlé. Écoute, j'ai déjà réservé deux places sur le prochain vol vers la Nurésie. »

« Comment peux-tu savoir qu'il est en danger? Est-ce qu'il a eu plus de communications avec toi qu'avec nous? »

« Il ne s'est pas fait passer pour mort par plaisir. Le vol est dans six heures, j'espère que tu as un passeport. Conrad devrait être chez toi dans une heure. »

« Conrad? »

« Je... je... je ne peux pas m'absenter pour l'instant. Conrad va t'accompagner. Livia? Je m'excuse pour tout. » Il raccrocha.

« Guy veut que j'aille en Nurésie. » Rosalia fronça les sourcils.

« Ce n'est pas ce que Charles dit dans sa lettre. »

« Il semblait avoir peur. Peut-être que mon père est vraiment en vie et que Guy veut que j'aille m'en assurer avant de perdre du temps sur ses instructions. » Rosalia soupira.

« Je n'aime pas ça. Je vais contacter mon cousin là-bas. Il a connu ton père et tu pourras lui faire confiance. »

Chapitre 8

Livia ouvrit les yeux lorsque le soleil était haut dans le ciel. Elle était surprise de voir qu'elle était étendue sur la banquette arrière d'une voiture. Elle pouvait voir la tête blonde de Conrad sur le siège avant et celle grisonnante de Paolo. Elle ne l'avait aperçu qu'à travers les brouillards causés par la drogue, mais elle ne voyait pas qui d'autre cela pouvait être.

Elle resta un moment immobile. Elle avait peur de bouger et de se rendre compte qu'elle était encore paralysée. Tout semblait être normal, ses doigts et ses orteils bougeaient comme ils le devaient. Sa tête était plus claire et ses pensées plus cohérentes. Elle se promettait déjà qu'elle retrouverait les responsables de son empoisonnement et leur ferait payer très cher.

Elle se redressa lentement et une douleur fulgurante dans son crâne l'empêcha de poser des questions. Elle laissa une plainte passer ses lèvres et Conrad se tourna vers elle en souriant.

« Bon matin! Je suis navré de ce qui s'est passé la nuit dernière. » La main au front, Livia ne le regarda pas. Les événements de la nuit lui revenaient progressivement.

« Je croyais que tu m'emmènerais à l'hôpital. J'ai cru entendre que j'avais été empoisonnée. » Conrad rit et lui tendit des cachets.

« Prends ça, ça va aider pour la tête. » Livia le regarda entre ses doigts.

« Après avoir été droguée? Non merci, je préfère le mal de tête. » Elle pouvait à peine réfléchir avec son cerveau dans cet état et elle se laissa tomber contre le siège.

Elle regarda à l'extérieur de la voiture. Il y avait des plantations de chaque côté de la route de terre battue. À certains endroits, les arbres et les plantes avaient été arrachés par une coulée de boue. Des ponts de bois avaient été construits sur la route pour permettre aux véhicules de circuler. Les inondations n'avaient pas épargné la région.

« On a vu un médecin pendant que tu jouais la belle au bois dormant. Il t'a donné l'antidote et on a décidé de ne pas traîner dans le coin d'un coup que ceux qui t'ont fait ça seraient à notre poursuite. »

« Pourquoi est-ce que tu dis ça? » Conrad se tourna vers la route devant lui.

« On ne sait pas qui a fait ça ou dans quel but. Je n'ose pas penser à ce qui se serait produit si on n'était pas arrivé à ce moment. »

Elle remarqua son sac à main à ses côtés. Paniquée, elle fouilla rapidement à l'intérieur pour s'assurer que sa boite d'herbes et celle de son père y étaient. Le téléphone que Mevil lui avait remis avait disparu et son passeport n'était pas là où elle le rangeait depuis leur départ, mais rien d'autre n'était manquant. « Et on va où comme ça? »

« À Kiralis. » Elle eut un petit rire.

« Et si ce que tu m'as dit cette nuit est vrai, tu crois vraiment que Mevil n'y sera pas? »

« On espère y être avant lui et retrouver ton père. »

« Et puis quoi? Tu crois qu'une fois devant mon père tout va se régler comme par magie? Toujours aussi naïf! » Il haussa les épaules.

« Si des personnes comme Mevil sont à sa recherche, et qu'il leur a toujours échappé, il va trouver un moyen de faire la même chose pour nous. » Elle se rappela le message de son père. Ne pas faire confiance aux personnes autour d'elle. Il ne serait pas fier d'elle en ce moment, elle avait laissé Conrad prendre le contrôle. Elle sentit la nausée monter dans sa gorge.

« Arrêtez-vous. » Paolo lui jeta un rapide coup d'oeil par le rétroviseur.

« Ce n'est pas sécuritaire. »

« J'ai besoin d'air, arrêtez-vous. » Conrad fit signe à Paolo de se ranger en bordure du chemin. Une motocyclette avec six passagers les dépassa en ralentissant. Les hommes les regardèrent en souriant. Livia les ignora et sortit de la voiture.

L'air était plus chaud qu'elle ne l'avait anticipé. Elle se figea un moment, absorbant les odeurs de kérosène des vieilles voitures qui filaient sur le chemin de terre, de la terre humidifiée par la pluie de la nuit qui séchait rapidement et le parfum des grandes herbes vertes brûlant sous le soleil chaud du midi.

La route suivait une vallée entre deux chaînes de montagnes. Les plantations bordaient le chemin et s'arrêtaient aux pieds des montagnes. Celles-ci étaient couvertes d'une végétation dense et luxuriante, sur plusieurs kilomètres. Livia pouvait s'imaginer qu'il serait facile de s'y perdre.

Elle était heureuse d'avoir pensé à inclure des jupes dans son bagage. Les pantalons longs qu'elle portait en ce moment étaient beaucoup trop lourds pour l'humidité de la Nurésie. Elle pouvait déjà sentir la sueur couler le long de ses jambes. Elle se tourna vers les deux hommes qui étaient sortis eux aussi de la voiture et les observa. En particulier celui qui les avait aidés à sortir du pétrin au cours de la nuit dernière et qui était sans doute responsable d'avoir trouvé un médecin pour l'aider.

Paolo s'était éloigné pour fumer une cigarette et ne semblait pas se rendre compte de son intérêt. Il était le type même des Nurésiens qu'elle avait rencontré à l'aéroport. Il avait les cheveux noirs bouclés et les tempes grises, la peau foncée et il semblait toujours sur le point de sourire. Il n'avait pas la même dureté dans ses yeux bruns qu'elle voyait quelquefois dans le regard de Conrad. Malgré leur différence d'âge, Paolo semblait beaucoup plus jeune que Conrad, alors que c'était Conrad qui avait grandi avec beaucoup de privilèges au Canada. Ils étaient tous les deux de la même grandeur, la même stature musclée, mais l'attitude de Paolo était beaucoup plus détendue que celle de Conrad. Un résultat certain des circonstances qui les emmenaient ici et le dépaysement qu'il devait ressentir.

Conrad croisa son regard et s'approcha d'elle.
« Est-ce que ça va mieux? » Elle pouvait sentir l'inquiétude dans la voix de Conrad. Elle hocha la tête et prit une grande

inspiration. « Écoute, je dois passer un coup de fil à mon père. Ça va juste prendre quelques minutes. » Sans attendre sa réponse, il s'éloigna en sortant son téléphone. Paolo laissa tomber sa cigarette, l'écrasa de son talon et s'approcha d'elle.

« Conrad vous avait mentionné au téléphone, mais je ne m'attendais pas une jeune femme comme vous. » Livia releva la tête.

« Vraiment? Et à quoi vous attendiez-vous? » Il soutint son regard.

« Plus masculine… moins jolie. » Livia se sentit mal à l'aise.

« Et pourquoi donc? »

« Vous quittez votre maison sans la moindre hésitation. Vous n'avez pas de mari? D'enfants? » Livia secoua la tête.

« Ni l'un, ni l'autre. »

« C'est dommage. Alors vous et Conrad? » Il imita un baiser avec ses lèvres. Livia grimaça.

« Il ne m'intéresse pas. Il est un ami d'enfance que je n'ai pas vu depuis longtemps. » Paolo sembla surpris.

« Et vous l'avez suivi jusqu'ici? Vous êtes certaine qu'il n'y a rien d'autre entre vous? » Elle secoua la tête.

« Certaine! Et j'ai été prise au dépourvu par la résurrection de mon père. Je n'ai pas eu le temps de réfléchir et je suis maintenant ici. » Il eut un sourire entendu et se pencha vers elle.

« Vous êtes vraiment une femme étrange. Il doit y avoir quelque chose entre lui et vous parce qu'une femme de votre âge devrait déjà être mariée. Qu'est-ce que vous attendez? » Livia pinça les lèvres.

« Il ne m'intéresse pas et d'où je viens, il n'y a aucune obligation à être mariée. » Il rit.

« Vous ne savez pas ce que vous manquez. Moi je vous dis, un petit effort de votre part et Conrad serait à vos pieds. Il était vraiment paniqué lorsqu'on a réalisé que vous étiez droguée. Un petit conseil pour votre sécurité, il serait préférable que vous soyez mariée. J'ai un ami qui pourrait… » Livia leva la main.

« Non merci, je ne suis pas intéressée. » Furieuse, elle retourna à la voiture et s'y enferma pour attendre Conrad. Quelques secondes plus tard, il était dans la voiture et Paolo reprit sa place derrière le volant. Conrad jeta un coup d'oeil vers elle.

« Ça va? » Livia hocha la tête.

« Comment va ton père? » Il haussa les épaules et Livia remarqua le léger pincement de lèvre.

« Bien. Il était content de savoir qu'on était sain et sauf. Je ne lui ai pas mentionné le problème de la nuit dernière. Tu sembles tendue, c'est la tête? »

Elle ne répondit pas et garda le silence. Elle gratta sa cicatrice. Elle n'aimait pas la manière dont elle était perçue dans ce pays pour avoir l'audace de voyager en compagnie d'un homme. Elle ne devait pas s'en faire, cette histoire serait bientôt terminée et elle pourrait tout mettre derrière elle. Elle regarda le paysage défiler le long de la route, mais elle était trop préoccupée pour voir quoi que ce soit.

Chapitre 9

Les maisons commencèrent à se faire moins rares le long de la route. Un village n'était pas loin.

« Combien y a-t-il d'hôtels à Kiralis? » Ce fut Paolo qui détourna un moment son attention de la route pour lui répondre.

« Un seul. » Il lui pointa un édifice devant eux. « Nous y sommes d'ailleurs. Comment votre père va-t-il entrer en contact avec vous? » Livia haussa les épaules en observant le bâtiment entouré d'un mur de pierre surmonté d'un fil barbelé. Un garde en uniforme se tenait près de l'entrée. Ils ne voulaient courir aucun risque avec la sécurité dans ce pays et Livia regretta de n'avoir que Conrad en qui se confier. Après ce qu'il lui avait fait comprendre pendant la nuit, elle ne pouvait même plus compter sur Rosalia.

« De la même façon qu'il va nous protéger des méchants. Je ne peux toujours pas croire que Mevil se soit joué de nous et que Rosalia ait gardé ce secret pendant toutes ces années. Pourquoi ne serait-elle pas passée aux actes avant? » Conrad se tourna vers elle alors que la voiture s'engageait dans la cour de l'hôtel.

« Tout le monde croyait que ton père était mort. »

« Et c'est pour cela qu'ils auraient mis un espion dans mon entourage? Dans quel but? Il était mort, ils ne pouvaient rien obtenir de moi. » Il haussa les épaules.

« Ils croyaient peut-être que tu en savais plus que tu ne le laissais paraître. J'en sais rien, moi. » Il semblait impatient de changer de sujet et ouvrit la porte. Livia lui posa la main sur l'épaule et elle sentit ses muscles se durcir sous ses doigts.

« Tu sembles aimer les conspirations. Qui sont-ils? » Il hésita un moment.

« Des hommes puissants. Ils ont enlevé ton père, fait croire à sa mort, ont rendu mon père paraplégique et lui ont fait renoncer à ses recherches. Ça te suffit? » Il sortit brusquement de la voiture avant qu'elle n'ait pu répliquer.

Elle s'empressa de sortir à son tour et de les suivre vers la réception. Le garde se leva à leur approche avec un oeil curieux, en particulier sur la chevelure blonde de Conrad. La personne derrière le comptoir, une jeune femme d'environ 18 ans, aux cheveux noirs courts et bouclés, à la peau tannée, les accueillit avec un grand sourire d'une blancheur étincelant. Les deux hommes attendirent que Livia se présente à la réception.

Elle fronça les sourcils. Malgré qu'ils affirmaient l'avoir sauvé d'un mauvais pas la nuit d'avant, après qu'elle ait été droguée d'une manière qui lui échappait toujours, ils ne tentaient pas de la cacher de Mevil et des autres. Ils l'avaient emmenée là où elle devait être pour rencontrer son père.

Bien sûr, il y avait un problème. Ils l'avaient éloignée de ses contacts, des personnes en qui elle aurait dû avoir confiance, de la seule personne en qui elle avait toujours eu confiance. Elle avait la mauvaise impression que Paolo tentait de les isoler, elle et Conrad, et que celui-ci semblait plutôt naïf dans cette situation. D'un autre côté, elle ne pouvait pas le blâmer. Il faisait confiance en une personne qui connaissait personnellement son père. Pour lui, c'était une personne beaucoup plus proche de sa famille que Mevil. Ce n'était pas lui qui avait vécu plus de 15 ans avec Rosalia.

Elle devait lui parler, en savoir plus sur son cousin Mevil. Tout ce qu'elle voulait en ce moment était de se débarrasser de Conrad et Paolo et d'avoir une explication avec Rosalia et Mevil. Pour cela, elle avait besoin d'un moment seul pour réfléchir.

Elle reporta son attention sur la réceptionniste qui attendait patiemment. Si son père voulait qu'elle se pointe à cet endroit, et s'il était en danger, il avait dû prendre des mesures pour protéger son identité et s'assurer qu'elle serait au bon endroit. Elle fouilla dans son sac à la recherche d'un crayon et d'un papier, gribouilla deux mots et sans que les deux hommes puissent voir ce qui y était écrit, elle le montra à la réceptionniste.

« Je devrais avoir une chambre à ce nom. » La femme regarda le papier, hocha la tête et lui tendit une clé. Livia se redressa. Son père était effectivement en danger et il craignait pour la sécurité de sa fille. Ou bien il dramatisait la situation.

« On ne vous attendait pas encore avant quelques jours, mais nous avons une chambre prête, mademoiselle Isa… » Livia l'arrêta aussitôt.

« Dubuc. Pouvez-vous changer le nom pour Dubuc? » Paolo fit un pas en avant.

« Non. » Livia soupira.

« Pourquoi pas? »

« Mevil pourrait nous retrouver, à moins que ce ne soit là votre but? » Elle secoua la tête et porta son attention sur le bouquet de fleurs posé sur le comptoir. « Si votre père a cru bon vous inscrire dans cet hôtel sous ce nom, c'est qu'il avait ses raisons. » Il se tourna vers la réceptionniste. « Il s'agit de…? » Elle ouvrit la bouche, mais ce fut au tour de Livia de s'interposer.

« Non. Mon père ne voudrait pas que j'utilise ce nom devant des étrangers. »

« Mais nous sommes ici pour vous aider, mademoiselle. »

« Et je n'ai pas demandé votre aide! » Paolo cessa de sourire et fronça les sourcils.

« Mademoiselle… » Sa voix grondait, mais Livia secoua la tête, décidée.

« Dubuc ou rien. » Conrad posa une main sur son bras. Elle se dégagea aussitôt.

« Livia, sois raisonnable. »

« Je sais ce que je fais, c'est mon père. » Elle plissa les yeux et se tourna vers lui. « Tu sais quoi Conrad? Mêle-toi de tes affaires. Je n'ai pas demandé ton aide, c'est toi qui as insisté pour m'entraîner ici. C'était supposément très simple, que tu me disais avant de partir du Canada. Juste un petit tour en Nurésie et tout sera réglé en un rien de temps. Maintenant, il y a des conspirations, on ne peut pas se fier aux gens autour de nous, on devient tous paranoïaques. Je n'ai rien dit jusqu'à présent, mais maintenant on est dans le territoire de mon père. Et je crois être celle qui le connait le mieux parmi nous. À quelque part, je me demande si ce n'est pas toi qui aurait mis quelque chose dans mon thé, juste pour que je me sente effrayée. »

« Ton père est vraiment en danger et il a envoyé une boite à Guy… » Elle se mit à rire.

« Je sais qu'il est en danger. C'est pour cela que je prends le contrôle de la situation. Et tu crois que mon père va avoir besoin de la boite qu'il a envoyée à Guy quand je vais le retrouver? Je te rappelle qu'il est paranoïaque. Il savait probablement pour ton père et la lui a envoyée pour tromper les gens qui sont après lui. » Elle secoua la tête, soudainement triste. « Tu crois qu'il a besoin de nos boîtes pour faire peu importe ce qu'il fait? Il nous l'a envoyé pour protéger ses recherches. Il s'attendait à ce que la boite de Guy reste sagement au Canada, à l'abri des regards, mais je ne crois pas qu'il voulait que je vienne en Nurésie aussitôt après avoir reçu son paquet. C'est toi et ton père qui étiez trop pressés de connaitre le résultat de ses dernières recherches qui m'ont forcée à venir ici. Vous avez mal interprété son message. »

La réceptionniste tendit la main vers le téléphone, mais Paolo fut plus rapide. Elle recula, visiblement effrayée.

« Tu crois que tu as été droguée par hasard? Tu es en danger, tu représentes ton père pour tous ceux qui le recherchent. Ce que ton père voulait vraiment ou non, ce n'est qu'une interprétation. Tu laisseras ton père dire ce qu'il voulait vraiment. »

« Quelle bonne idée! Écoute, je suis désolée, mais il se passe beaucoup trop de chose pour mon confort. Tu dois te souvenir que j'ai toujours aimé ma routine. Et bien, je n'ai pas changé. » Elle soupira. « Pour l'instant, faites ce que vous voulez, mais moi je vais à ma chambre et je ne veux être dérangé qu'à l'heure du souper ou si mon père décide de sortir de sa cachette plus tôt. Je dois réfléchir. » Elle se tourna vers Paolo en souriant. « Je ne suis pas toujours comme ça, la journée n'a pas commencé du bon pied et j'ai mal à la tête. Merci d'avoir été là la nuit dernière, que vous ayez raison ou non. »

Elle s'adressa ensuite à la réceptionniste, qui avait reculé derrière son comptoir, et força un sourire. « Ma chambre est sous le nom Dubuc. L'autre nom n'existe pas. Ces gentlemen feront bien ce qu'ils voudront, mais ils ne sont pas avec moi. »

Elle attrapa la clé que la jeune femme lui tendit en tremblant, ramassa le sac qu'ils n'avaient pas oublié de prendre à son hôtel et elle se dirigea dans la cour intérieure sur laquelle toutes les chambres donnaient.

Elle verrouilla la porte derrière elle et se laissa tomber sur le lit. Son mal de crâne s'était estompé, mais pas son malaise. Elle s'en voulait de s'en être prise aux deux hommes après qu'ils l'ont aidée. Elle n'aurait rien pu faire avec la drogue dans son corps, elle était injuste envers eux.

Les mots de son père résonnaient dans sa tête. Ne pas faire confiance aux gens. Il aurait dû être plus précis et lui dire en qui elle pouvait ou non faire confiance. C'était beaucoup trop vague pour être utile. Elle devait lui faire confiance qu'il le lui avait fait parvenir au bon moment. Il avait sans doute des espions qui savaient à tout instant où elle se trouvait. Un réseau de personnes qui lui avait permis de disparaître pour ensuite trouver la mort dans des circonstances nébuleuses.

Il avait envoyé le paquet chez elle, là où il savait que Rosalia habitait encore. C'était impossible qu'il crût un instant que celle-ci ne reconnaîtrait pas l'écriture de celui qui lui avait sauvé la vie, qui l'avait prise sous son aile comme sa propre fille, qui l'avait utilisée comme assistante de recherche.

Peut-être qu'il ne savait pas qui avait été impliqué dans sa disparition. Si sa disparition n'avait pas été prévue ou consentante. Si c'était le cas, où avait-il passé toutes ces années? Pour qui avait-il travaillé s'il avait cru bon lui envoyer une partie de ses résultats, elle en était certaine, dans une boite scellée?

Il ne lui rendait pas les choses faciles. Il aurait dû lui donner un contact dans le pays, surtout après tout ce temps passé à être mort. Connaissant sa paranoïa, il ne pouvait pas écrire les noms. Il aurait eu trop peur que quelqu'un se fasse passer pour cette personne. Ou bien il croyait que Rosalia pourrait lire entre les lignes, comprendre la situation et la guider sur le bon chemin, vers les bonnes personnes.

Elle décrocha le téléphone et appela Rosalia. Elle avait perdu le numéro de téléphone qu'elle lui avait donné pour rejoindre Mevil et son amie saurait comment la remettre en contact avec lui. S'il n'avait accepté de l'aider que par respect pour celui qui avait sauvé sa cousine, il arriverait à Kiralis de mauvaise humeur. C'était elle qui l'avait contacté et elle lui donnait l'impression de s'être enfuie de lui.

S'il était du côté de ceux qui voulaient mettre la main sur son père, il serait de mauvaise humeur qu'elle lui fasse faux bonds de toute façon. Dans les deux cas, elle n'échapperait pas au savon. De plus, ce n'était que sur les conseils de Paolo que Conrad avait cru à cette histoire.

Rosalia répondit immédiatement. C'était probablement la nuit au Canada, mais Livia était certaine que Mevil l'avait déjà mise au courant de la situation. Elle attendait son coup de fil.

« Livia? Où étais-tu passé? Mevil était sur le point d'assassiner tous ceux qui étaient de service la nuit dernière! Pourquoi est-ce que tu es partie sans rien dire? » Son amie semblait sincèrement soulagée d'entendre sa voix. Livia regretta de constamment douter d'elle depuis son arrivée en Nurésie. Elle était ce qu'elle avait de plus ressemblant à une famille. Paolo ne serait pas content, après l'avoir aidé, qu'elle contacte indirectement Mevil, mais il ne pouvait comprendre la loyauté qu'elle ressentait envers sa seule amie, sa soeur, la seule personne qui était restée auprès d'elle pendant tout ce temps.

« Je suis déjà à Kiralis. C'est une longue histoire. »

« À l'hôtel? Avec qui? Comment? Tous les checkpoints ont été mis au courant de ta disparition! Est-ce que tu as rencontré ton père? » Livia fronça les sourcils. Depuis qu'elle s'était réveillée dans la voiture, elle n'avait aperçu aucun poste de garde.

« Je n'ai pas de nouvelles de mon père. » Elle hésita avant de reprendre la parole à regret. « Est-ce que tu connais bien Mevil? » Rosalia rit.

« Bien sûr, c'est mon cousin. »

« Tu lui parles souvent? »

« Pas depuis que je suis au Canada. J'étais jeune lorsque j'ai quitté la Nurésie avec ton père. Pourquoi? Est-ce qu'il a dit ou fait quelque chose de mal? Si c'est le cas, mon oncle va le lui faire regretter! » Livia sourit en s'imaginant avec difficulté un homme s'en prendre à Mevil.

« Je suis là avec Conrad et son ami Paolo. Ils croient que Mevil veut mettre la main sur les recherches de Charles. » Rosalia éclata de rire.

« S'il l'avait voulu, il me l'aurait demandé à moi! Ne t'en fais pas, Mevil a un très grand respect envers ton père, il ferait tout pour l'aider. Ton père a sauvé la vie de plusieurs membres de notre famille, il en fait maintenant partie. Et la famille est très importante pour nous. »

« Mais mon père s'est fait passer pour mort. Il aurait dû tomber dans l'oubli, ça aurait dû rendre votre dette nulle. » Rosalia soupira. Livia pouvait l'imaginer assise dans le salon, vêtue d'une robe de nuit de soie, calée contre l'appuie-bras du canapé de velours noir, à caresser les pétales d'une fleur se trouvant dans le bouquet que Rosalia cueillait chaque jour du jardin.

« Lorsque j'ai contacté ma grand-mère, elle était heureuse de savoir qu'il était toujours en vie. Mevil n'a pas été difficile à convaincre. Tu es la seule qui semble frustrée de le savoir en vie. » Livia savait que son amie la taquinait, mais ses paroles lui pincèrent le coeur. Son père n'avait sans doute pas eu le choix. « Ne bouge surtout pas, je vais appeler Mevil et il va aller te rejoindre. » Livia se frotta le front, la douleur dans son crâne menaçait de revenir.

« Ça prend combien de temps entre la Capital et Kiralis? »

« Hum… je ne me souviens plus trop… peut-être six heures en voiture? » Livia regarda sa montre. Mevil n'arriverait pas avant la fin de l'après-midi.

« Merci. »

« Est-ce que ça va? » La voix de Rosalia avait le don de la calmer. Lorsque Conrad s'était pointé sur le pas de sa porte, la pressant de partir pour la Nurésie dans l'heure suivante, elle aurait dû insister pour que Rosalia les accompagne. Cependant,

Conrad lui avait affirmé que ce serait une mauvaise idée. Elle aurait pu être bloquée à la frontière. Une histoire de papier.

« Oui, mais j'ai hâte de retourner au Canada. » Son amie rit. Elle raccrocha. Elle avait six heures avant que Mevil ne surgisse. Elle donnerait n'importe quoi pour voir le visage de Conrad et Paolo lorsqu'ils se rendraient compte qu'elle avait mis Mevil sur leur piste.

Chapitre 10

Furieux n'était pas un mot suffisamment fort pour décrire l'état de Mevil à son arrivée à l'hôtel de Kiralis, moins d'une heure après l'appel de Livia. Lorsqu'il frappa à sa porte de chambre, elle était certaine qu'elle serait défoncée ou qu'il s'agissait de la fin du monde. En voyant le visage de Mevil, elle regretta que sa dernière idée ne soit pas la bonne. Avec un Armageddon, ç'aurait été une fin brève et sans conteste. Gratter sa cicatrice ne lui donnait pas son effet calmant habituel. Elle devrait trouver une autre habitude pour se détendre si elle ne voulait pas terminer avec une main en sang.

Elle resta assise sur le bout de son lit, croisa les bras sur sa poitrine et soutint son regard. Elle voyait les flammes danser dans ses yeux, tous ses muscles étaient tendus au point d'exploser à tout instant, le muscle au coin de sa bouche sautait, ses poings étaient crispés et les couleurs s'étaient retirées de son visage. Il était livide.

Il entra dans la pièce et referma la porte derrière lui. Livia put voir deux de ses hommes se placer à l'extérieur de sa chambre. Une fois seuls, Livia sentit la tension dans l'air. Une étincelle ferait tout éclater. Pour la première fois depuis leur rencontre à l'aéroport, elle avait peur. Peur de ce qu'il pouvait faire à ceux qui s'opposaient à lui. À ce moment, elle était cette opposition.

Il croisa les bras sur son torse et attendit. Le silence la rendit mal à l'aise et elle évita de le regarder à nouveau. Son sac suspendu au dossier de la chaise de bois, sa valise ouverte sur le sol, la serviette de bain qu'elle faisait sécher suspendue au seul cintre disponible dans la chambre, tout lui semblait plus réconfortant que de faire face à l'homme.

« Si vous m'expliquiez ce qui s'est passé cette nuit. » Même si elle savait ne pas être en tort, Livia avala difficilement sa salive. Elle prit son courage à deux mains, se leva et attrapa sa brosse à cheveux qui traînait sur la table de bois pour se donner contenance.

« Il y a eu un malentendu. » Mevil s'approcha d'elle et lui attrapa le bras. Elle le laissa faire, surprise, et lâcha la brosse.

« Je ne sais pas à quel jeu vous jouez, mais agissez comme une adulte au lieu d'une petite fille gâtée. Vous n'êtes plus chez vous, vous ne pouvez pas vous promener comme bon vous semble dans un pays dont vous ne connaissez pas les coutumes. Vous êtes une femme et vous êtes en danger. » Il parlait d'un ton dur, les dents serrées. Elle tenta de se dégager de sa poigne, mais Mevil l'en empêcha.

« Lâchez-moi, vous me faites mal. » Mevil eut un petit rire qui déplut à Livia. Il savait qu'il ne lui faisait pas mal et qu'elle était plutôt insultée qu'il ne se gêne pas pour lui dire sa façon de penser. Elle voulut lui dire qu'elle pouvait se défendre par elle-même, mais elle ne réussissait pas à récupérer son bras.

« Peut-être que cela va vous faire réfléchir au lieu de suivre la première personne qui a des informations sur votre père. Vous n'avez aucune idée de ce dans quoi vous vous êtes embarquée. Ne laissez pas Conrad vous dicter quoi faire. Surtout, n'essayez plus de me glisser entre les doigts pour quelque raison que ce soit. » Il y avait une menace dans sa voix, mais elle ne la sentait pas directement dirigée vers elle-même. Elle plissa les yeux.

« Est-ce que vous essayez de me faire peur? »

« Si cela vous empêche de faire des bêtises, oui. » Ils se défièrent du regard un instant avant qu'il ne la relâche. Surprise, elle perdit l'équilibre et retomba sur son lit. Elle s'assied et massa machinalement son bras.

« Qu'est-ce que vous savez? Qu'est-ce que vous gagnez dans tout ça? » Mevil haussa un sourcil et Livia se sentit rapetisser sous son regard.

« Je ne vois pas ce dont vous parlez. »

« Ne jouez pas à l'innocent. » Ses lèvres se pincèrent en une mince ligne.

« J'en sais suffisamment pour vous garder en vie. C'est tout ce qui compte. »

« Comment êtes-vous arrivé ici aussi rapidement? »

« Vous m'aviez dit vous-même que vous deviez vous rendre à Kiralis. Je n'étais pas très loin lorsque Rosalia m'a contacté. À

moi de poser des questions. Pourquoi vous êtes-vous enfuie? »
Il se plaça devant la porte, comme s'il craignait qu'elle ne refasse le même coup à ce moment précis.

Elle posa sa tête entre ses mains, les coudes appuyés contre ses jambes. Elle ne voulait pas lui faire face. Elle ne voulait pas lui avouer qu'il avait raison de s'inquiéter pour elle, s'il disait la vérité.

« Conrad et l'ami de son père, Paolo, sont venus dans ma chambre tôt ce matin. Ils m'ont dit que Roberto était mort et que vous aviez disparu. Ils m'ont dit que vous n'étiez pas vraiment là pour nous protéger, mais pour mettre la main sur mon père. »

« Et vous les avez crus? » Il y avait un grondement dans sa voix. Livia se sentait devenir de plus en plus petite, une enfant qu'on avait surprise à faire une bêtise énorme.

« Je n'avais pas vraiment le choix… » Il attendait. « J'étais droguée et je ne savais pas quoi faire… je me suis réveillée en chemin. »

« Ils vous ont enlevée? » Sans lui laisser le temps de préciser qu'ils avaient été très corrects et qu'ils lui avaient procuré les soins nécessaires à sa situation, quoiqu'elle n'avait aucun souvenir des soins en questions, Mevil ouvrit la porte de la chambre. Un de ses hommes se tourna pour lui faire face et Mevil chuchota à son oreille. L'homme hocha la tête sèchement et parla dans un micro qu'il avait à la manche. Mevil se tourna à nouveau vers elle.

« Vous n'avez pas tenté de vous enfuir? »

« Vous ne m'avez pas laissé le temps de terminer. J'étais droguée, je ne pouvais plus bouger. Ils n'ont pas eu le choix dans ces circonstances. Est-ce que Roberto est vraiment mort? » Mevil claqua impatiemment sa langue contre son palais. Livia se tut.

« Non. Il va même très bien. Il devrait arriver dans quelques heures. » La porte s'ouvrit brusquement. Conrad fit irruption dans la pièce et se figea en voyant Mevil devant lui. Livia fronça les sourcils à l'interruption.

« On ne t'a jamais appris à frapper aux portes avant d'entrer? » Les deux hommes l'ignorèrent.

« Qui sont les hommes dehors? Qu'est-ce que vous faites

ici? » La voix de Conrad était remplie de haine. Mevil sourit.

« Je suis ici pour votre protection, vous vous souvenez? Je dois avouer qu'il est plutôt rare dans mon métier que mes protégés s'enlèvent. Compte tenu de votre situation particulière, j'ai attendu d'en savoir plus sur votre disparition avant de faire une déclaration officielle aux autorités et d'en faire un incident international. Mais après ce que mademoiselle Livia vient de me dire, je pourrais vous faire arrêter pour enlèvement. »

« J'étais droguée. »

« Elle était droguée. » Livia et Conrad s'étaient défendus au même moment. Conrad ferma la porte pour éviter les oreilles curieuses.

« Vraiment? » Le miel coulait dans ses paroles.

« Paolo a eu des informations indiquant que vous n'étiez pas qui vous disiez être. Et avec l'état dans lequel on l'a trouvée, rien ne m'indiquait que vous étiez innocent. » Mevil soupira.

« Comme je viens de l'expliquer à votre amie, je ne suis pas intéressé aux raisons de votre présence dans ce pays. Je ne sais pas qui a fourni ces informations à ce Paolo, mais il semblerait que des personnes cherchent à rendre cette situation plus confuse. Pour votre bien, mes hommes sont postés autour de l'hôtel pour vous empêcher de… » Il chercha ses mots. « … vous retrouvez dans une situation ennuyeuse. » Il sourit.

« Prisonniers. Nous sommes maintenant vos prisonniers. » Les deux hommes se toisèrent un moment. « Pour l'instant, nous n'avons de toute façon pas besoin de vous. On a notre propre escorte qui va nous aider à poursuivre Charles, s'il nous envoie à sa chasse. Je ne sais pas ce qui a pris à Livia de vous faire venir jusqu'ici. Ce n'était pas nécessaire. Merci bien, mais au revoir. » Il ouvrit la porte et lui fit signe de sortir de la pièce. Mevil ne broncha pas.

« Et comment croyez-vous passer aux checkpoints si j'indique aux autorités que vous voyagez avec un otage? »

« On n'a pas eu de problème ce matin et ce n'est pas un otage. Elle a accepté de nous suivre de son plein gré. »

Livia se tourna lentement vers Conrad.

« Qu'est-ce que tu veux dire par là? » Conrad haussa un sourcil.

« Tu sais très bien, Paolo connait… » Elle secoua la tête.

« Non, je parle des checkpoints, je n'en ai pas vu. » Il lui sourit.

« Parce que tu te prenais pour la belle au bois dormant. »

« Qu'est-ce qu'ils ont demandé? Qu'est-ce que tu leur as dit? » Il haussa les épaules comme si tout cela était évident. Le visage de Mevil s'assombrit.

« Quelques petits mensonges insignifiants. Notre lune de miel… »

Livia sauta du lit et s'élança vers lui, prête à lui griffer le visage. Elle ne pouvait croire que Conrad suivait les mêmes lignes de pensée que Paolo. Mevil avait prévu sa réaction et l'attrapa dans ses bras.

« Du calme, du calme. » Conrad rit.

« Je n'ai pas l'intention d'agir là-dessus, tu sais? » Livia l'ignora et s'adressa à Mevil qui la tenait toujours fermement.

« Est-ce que son meurtre pourrait être considéré comme de l'autodéfense à ce point-ci? » Elle crut voir l'ombre d'un sourire dans son visage, mais il secoua la tête.

« Ce concept n'existe pas dans mon pays. » Il se tourna vers Conrad qui souriait toujours. « Monsieur Conrad, je vous conseillerais de quitter cette chambre. Je ne pourrai pas la retenir plus longtemps et je ne crois pas qu'elle veuille attendre de profiter des lois plus souples de votre pays. » Conrad continua de rire.

« Pourquoi? Parce qu'elle est trop forte pour toi? » Ce fut au tour de Mevil de rire. Un rire profond et sans joie qui fit frissonner Livia.

« Parce que j'ai bien envie de la laisser aller pour voir les dommages qu'elle pourrait vous infliger. Elle en aurait bien le droit. Vous l'avez enlevée. » Conrad soupira. Livia s'était calmée et repoussa Mevil qui la laissa faire, tout en restant entre elle et Conrad. Conrad et elle se défièrent du regard.

« Tu devrais donner une chance à Paolo. Si ce n'était pas de lui, Dieu seul sait ce qui te serait arrivé ce matin, Mevil n'était pas là… » Il fut interrompu par le rire de Livia. Il agit comme s'il ne l'avait pas entendu. « Paolo en sait beaucoup sur la situation ici. Il m'a d'ailleurs confirmé que plusieurs personnes veulent retrouver ton père, car il aurait des informations privilégiées et dangereuses. Ton père est en danger. »

« Je sais qu'il est en danger, tu n'arrêtes pas de le répéter et je ne suis pas une idiote. Mon père est peut-être paranoïaque, mais ce n'est pas lui qui m'a droguée cette nuit. Ce qui m'inquiète maintenant c'est que tu sois capable de mentir à un checkpoint, dans un pays étranger, et je me demande jusqu'à quel point tu es prêt à aller. Je ne te reconnais pas, tu as tellement changé… »

« Ce n'est pas moi qui ai changé, c'est toi! Je te croyais plus indépendante et capable de prendre tes propres décisions. Je t'avais avertie de ne pas te laisser convaincre par ses beaux yeux… » Il pointa Mevil.

« Il n'y a pas moyen d'éviter ce genre de commentaires dans ce pays! J'en ai assez qu'on me dise cela. Je n'ai peut-être pas choisi de venir ici, mais personne ne m'en a donné le choix. J'avoue, je ne suis pas dans mon élément, je n'ai aucune idée de ce qui se passe. Pour l'instant, Paolo et Mevil peuvent arriver à une trêve et s'occuper de notre sécurité, j'en ai rien à foutre. J'ai besoin de réfléchir, laissez-moi. » Conrad ne se laissait pas mettre de côté aussi facilement.

« On pourrait discuter tranquillement sans l'avoir dans nos pattes. »

« DEHORS. » Elle avait crié l'ordre, mais les deux hommes restèrent immobiles.

Le regard qu'elle leur jeta ensuite les convainquit de sortir de sa chambre.

Chapitre 11

Malgré la chaleur écrasante, Livia s'enferma dans sa chambre pendant le reste de l'après-midi et refusa d'ouvrir sa porte à qui que ce soit.

Elle s'assied à la petite table de bois au pied du lit, regarda la boite de son père, et chercha à comprendre le mystère dont sont père aimait s'entourer. Ou était forcé de s'entourer. Conrad était venu frapper à sa porte à plusieurs reprises pour tenter de la convaincre de l'écouter, sans succès.

Elle réfléchissait en froissant nerveusement le message que son père avait inclus dans son paquet. Après les événements de la nuit, elle ne pouvait plus se permettre de naviguer les yeux fermés, sans faire un effort pour comprendre. Elle devait le faire avant qu'une autre surprise ne l'attende.

Son père ne lui avait pas envoyé la boite à ce moment précis par hasard. *Tu sais ce que tu dois en faire*. Il ne parlait pas à la petite fille qu'elle était le jour où des militaires étaient venus frapper à leur porte. Elle n'avait alors que quinze ans et ne s'intéressait qu'au jardin et à la serre que son père utilisait pour faire pousser les plantes. Elle savait leurs noms, leurs caractéristiques et elle leurs donnait tous les soins dont elles avaient besoin. Elle n'avait pas encore commencé à poser de questions sur ce qu'elles étaient ou pourquoi son père passait des nuits entières à les observer et prendre des notes.

Il parlait à sa fille qui avait appris comment ouvrir la boîte par sa mère, à sa fille qui connaissait plusieurs de ses secrets. *Lorsque le temps viendra, rejoins-moi à Kiralis avec la boite*. Il ne voulait pas seulement la boite, il avait besoin d'elle. Il aurait pu se contenter d'envoyer une seule boîte à son ancien collègue Guy, qui devait en savoir plus sur les origines de ce qui s'y trouvait.

Après sa disparition, il n'aurait pas dû pouvoir suivre ses progrès.

Pourtant, il savait qu'elle avait trouvé une partie de ses recherches, sinon il aurait été plus explicite dans sa demande, ou il n'aurait rien demandé. Il voulait qu'elle fasse quelque chose avec le contenu de la boite. Un détail lui échappait. *Quelqu'un va t'y attendre.* Elle sourit. Son père l'envoyait vraiment sur une chasse au trésor. Malgré elle, elle se sentait excitée à l'idée d'en faire partie.

Elle était maintenant convaincue que la disparition de son père n'avait pas été volontaire. Que sa mort n'avait pas été son choix, mais qu'au moment où il avait besoin d'elle, il lui prouvait qu'il ne l'avait pas ignorée pendant tout ce temps. Il avait des yeux et des oreilles en permanence sur elle.

Bien qu'elle niait en savoir plus sur son père, Rosalia était la coupable désignée. Après tout, c'était elle qui avait encouragé Isabelle à enseigner le secret du verrou à Livia, c'était elle qui lui avait parlé de la paranoïa de son père, c'était elle encore qui l'avait encouragé à explorer la botanique. C'était grâce à elle que Livia avait pu développer son commerce de thé avec les herbes qu'elle cultivait selon les recettes de son père. Rosalia était de son côté, et de celui de son père.

Livia referma la boite. Elle ne pouvait rien en tirer de plus. Elle devrait attendre que son père se pointe ou qu'elle comprenne ce que son père attendait d'elle.

Elle regarda l'heure. Elle n'avait pas mangé depuis la veille et elle ne pouvait pas rester dans cette pièce jusqu'à ce que son père daigne entrer en contact avec elle. Elle pensa un moment à faire venir le repas à sa chambre, mais ce n'était pas la meilleure façon de faire savoir à son père qu'elle l'attendait patiemment. S'il observait l'hôtel, elle devait se montrer, lui prouver qu'elle était une participante volontaire.

Elle rangea la boite avec celle contenant ses herbes dans son sac et hésita un moment. Après quelques secondes, elle se décida à la laisser sur la table. Pour n'importe qui, ce ne pouvait être qu'un bloc de bois, rien qui pouvait attirer les regards. Elle posa la ganse de son sac sur le dossier de la chaise avant de sortir de sa chambre.

Celle-ci donnait sur la cour à ciel ouvert de l'hôtel. Les chambres formaient un u autour de la piscine au centre de la cour. Le restaurant occupait le quatrième côté de la cour, partageant son espace avec la réception et la seule entrée visible de l'hôtel. Au-dessus des tables, un toit s'avançait pour protéger les clients des rayons ardents du soleil. Toutes les chambres avaient une vue sur l'entièreté du restaurant. C'était l'endroit idéal pour son père.

Le soleil descendait rapidement derrière les murs de l'hôtel. Dans le restaurant, toutes les tables étaient déjà occupées et plusieurs regards curieux se portèrent sur elle. Elle observa les gens à son tour et remarqua qu'il n'y avait qu'une seule tête blonde : Conrad. Celui-ci l'aperçut, lui fit un geste de la main, se leva et lui tira une chaise à la table qu'il occupait avec Paolo.

À une autre table, Mevil ne lui porta aucune attention. Le regard dur, les lèvres pincées, il discutait avec un homme aux cheveux rasés et à la peau trop blanche pour être de la région. L'homme portait des pantalons kaki et un t-shirt noir. Il secoua la tête à plusieurs reprises avant de pointer vers une autre table où trois hommes prenaient place et les regardaient avec intérêt. Un serveur déposa plusieurs plats sur la table et l'odeur sucrée-amer parvint jusqu'à elle, déclenchant un grondement dans son estomac.

Mevil hocha finalement la tête et son interlocuteur sembla soulagé, lui remit une enveloppe et s'éloigna vers la table qu'il venait d'attirer l'attention de Mevil. Celui-ci n'avait toujours pas aperçu la jeune femme et il déplia le journal du jour. La photographie d'un homme en vêtements de prisonnier, les mains attachées dans son dos, occupait tout l'espace de la première page.

Livia évita le regard de Conrad et se dirigea vers la table de Mevil. Elle devait s'avouer qu'elle était beaucoup trop contrôlée par la nourriture et qu'un jour cela lui causerait des problèmes. Peut-être que la drogue avait été glissée dans sa nourriture à l'hôtel par quelqu'un qui connaissait son point faible.

Mevil leva la tête du journal en entendant ses sandales claquer sur la céramique blanche du restaurant. Il la regarda s'avancer et hocha la tête en signe d'invitation, le visage impassible. Elle pouvait sentir la frustration de Conrad et s'attendait à ce qu'il dise quelque chose de déplaisant d'un moment à l'autre. Elle l'espérait, seulement pour pouvoir lui dire de se la fermer et qu'il n'était là que parce que Guy n'avait pas pu l'accompagner. Que son père ne le reconnaîtrait peut-être pas et qu'il resterait invisible.

Le serveur posa une assiette devant elle et elle regarda les plats avec appétit. Mevil déposa son journal et lui pointa un plat de crevettes entières en particulier, le sourire aux lèvres, détendu. Après tout, elle lui rendait sa mission plus facile en étant en sa présence.

« Vous devriez essayer celui-ci. La tête est particulièrement goûteuse et la sauce est sucrée et épicée. » Il sembla inquiet. « J'espère que vous n'êtes pas végétarienne? » Il l'observa par-dessus la table. Livia se sentit rougir sous son regard critique. Elle aimait la nourriture, mais elle ne semblait jamais pouvoir manger suffisamment pour compenser les temps qu'elle passait dans son jardin. « Vous risqueriez de complètement disparaitre en quelques jours, nous n'accommodons pas très bien ce genre de diète. » Livia se mit à rire à la mondanité de ses propos.

« Pas du tout! » Elle lui présenta son assiette qu'il remplit de nourriture.

Malgré la saveur agréable du plat, elle n'osa pas manger la tête des crevettes. Mevil sourit et se les servit.

Son deuxième repas dans le pays s'annonçait plus agréable que le premier. Elle ferma un moment les yeux pour déguster son repas. Lorsqu'elle les ouvrit, son attention se porta sur la première page du journal. Elle le pointa du bout de son couteau.

« Qui est-ce? » Mevil lui tendit le journal pour qu'elle voie mieux.

« Juan Verano. Il a mené la guerre contre le gouvernement en plaçant des bombes un peu partout à travers le pays. Ses partisans sont encore très actifs. Ils demandent sa libération, mais le gouvernement de la Nurésie refuse. Je ne les blâme pas. Par contre, plus le procès va approcher, plus il va y avoir des attaques et plusieurs craignent un retour à la guerre civile. »

« Qu'est-ce qu'ils font? Des bombes? »

« Entre autres. Il y a quelques jours, toute la population d'un village pas très loin d'ici a trouvé la mort dans des circonstances nébuleuses. Certaines personnes croient que ce sont ses disciples qui seraient responsables. Vous êtes ici à un très mauvais moment. » Il fit un signe de tête vers la table où les trois locaux et l'homme aux cheveux rasés les regardaient avec attention. « Ils sont ici à cause de cette affaire. Ils doivent aller dans le village demain matin. Jan voulait que je les accompagne, je connais bien la région, mais j'ai déjà mon lot de problèmes. » Il lui fit un clin d'oeil.

« Il ne semble pas d'ici. » Mevil secoua la tête.

« Non, il est ici par recommandation de notre gouvernement. Il a une expertise qui pourrait se montrer importante si les rumeurs sont exactes. »

« Quelles rumeurs? »Il ne répondit pas et des rides apparurent sur son front. La tension dans le visage de Mevil lui fit tourner la tête. Conrad et Paolo s'étaient levés et marchaient vers leur table. Livia soupira, c'était à prévoir. Elle serra sa fourchette et les ignora lorsqu'ils prirent place à sa gauche et à sa droite. Conrad semblait particulièrement de bonne humeur alors que Paolo restait sérieux et regardait constamment autour de lui, en évitant la direction de Mevil.

« Livia! T'as finalement décidé d'arrêter de bouder! » Elle remarqua son regard méfiant en direction de Mevil, mais elle se concentra sur son repas. « Ok, je m'excuse, j'ai mal agi compte tenu des circonstances. T'es contente? » Livia ne leva pas les yeux de son repas. Frustré, Conrad tapa la table avec son poing. « Franchement Livia! On s'est excusé auprès de Mevil pour avoir mal réagi cette nuit, on n'avait pas toutes les informations pour faire ça. Mais on t'a sauvé la vie, tu étais droguée, et on t'a emmenée à l'endroit où ton père voulait que tu sois. » Livia tourna les yeux vers lui.

« Est-ce que les informations que Paolo avait obtenues étaient fausses? » Paolo hocha lentement la tête. Mevil se tourna silencieusement vers Paolo qui se redressa en sentant le regard de l'homme sur lui. Livia pouvait sentir la tension monter entre les deux hommes. Elle se racla la gorge.

« Vous dites que j'ai été droguée. Est-ce que vous savez par qui, comment et dans quel but? »

« J'ai des hommes là-dessus… » Mevil déposa sa fourchette sur sa table. Paolo lui jeta un coup d'oeil avant de reprendre. « On croit que c'était pour approcher votre père en mettant votre vie en danger. De plus, la drogue qui a été utilisée provient d'une plante commune à cette région. »

« En quoi est-ce que ça implique mon père? C'est comme si vous disiez que c'était lui qui était responsable. » Il soupira.

« Je me souviens que votre père travaillait avec des plantes particulières à la Nurésie. Ce ne serait pas étrange que des gens voulant accéder à lui puissent avoir des connaissances dans le domaine. » Son regard retomba sur Mevil qui eut un sourire en coin. Livia fronça les sourcils.

« Vous savez quelque chose? » Mevil secoua la tête.

« Je ne connais rien à la botanique. C'est ma cousine qui a introduit votre père aux plantes locales. »

Elle plongea sa fourchette dans son repas et dégusta une bouchée dans le silence qui régnait autour de la table. Elle reporta ensuite son attention sur Paolo.

« Vous m'avez dit savoir ce sur quoi mon père a travaillé dans les dernières années, et pourquoi il est en danger. Je suis curieuse. » Paolo ne sembla pas être surpris de ses questions. Mevil se tourna vers lui avec intérêt.

« Je ne sais que très peu de choses. Lorsque lui et Guy étaient en Nurésie, il voulait découvrir comment augmenter l'efficacité des propriétés naturelles des plantes. Prenons la valériane, une plante que les gens associent à un effet sédatif. Il y a eu beaucoup d'étude, mais peu de conclusions sur l'efficacité réelle de la plante. Votre père a réussi à développer une souche de valériane qui ne laisserait plus de doute sur ses propriétés. Une simple tisane pourrait endormir plusieurs personnes, en quelques minutes, pour plusieurs heures. Charles était très craintif de voir ses découvertes tomber entre de mauvaises mains. Après tout, s'il a pu le faire pour une plante, il pourrait le refaire pour plusieurs autres et qui sait ce qui pourrait arriver. Vous me suivez? » Son ton condescendant mit le feu aux joues de Livia.

« Je travaille dans le domaine. Qui sont ces mauvaises mains? » Paolo haussa un sourcil, incrédule. Ce fut Conrad qui lui répondit.

« Ceux qui ne veulent pas que ses recherches soient publiées. Ceux qui étaient derrière son enlèvement. Tu crois vraiment que les compagnies pharmaceutiques verraient d'un bon oeil la présence de ces plantes que tout le monde pourrait cultiver dans leur cour? Les gens n'auraient plus qu'à trouver celles qui les soulageraient de leurs migraines, courbatures, glycémie, qui pourrait prévenir les crises cardiaques et les cancers. » Livia rit.

« Vous croyez vraiment tous les deux que ces compagnies empêcheraient les gens d'y avoir accès? »

« Il y a beaucoup d'argent. » Livia secoua les épaules. Si seulement ils savaient que sans avoir fait d'effort, les herbes qu'elle cultivait dans son jardin étaient les descendantes des essais de son père, et qu'elles étaient beaucoup plus puissantes qu'ils ne pourraient le croire. Elle se contenta de sourire.

« Je vois. » Paolo hocha la tête avec un sourire qui lui indiquait qu'il ne croyait pas qu'elle comprenait bien la situation. Conrad attrapa une fourchette libre sur la table, pigea dans l'assiette quelque peu délaissée de Livia et engouffra une bouchée avant qu'elle n'ait pu s'interposer.

« Je pensais à ça pendant que tu boudais, mais est-ce que tu sais comment ton père va nous contacter? Avec tout le monde qui grouille ici, si j'étais à sa place, je ne suis pas certain que je le ferais. » Livia soupira en regardant la nourriture s'échapper de sa bouche lorsqu'il parlait. Il avait peut-être changé depuis leur adolescence, mais sa façon de manger restait la même.

« Je ne le sais pas. Par contre, il ne devrait pas tarder s'il veut que je garde ma santé mentale. » Mevil haussa un sourcil de l'autre côté de la table et Livia lui sourit. Elle se sentait à l'aise en sa présence, et plus en contrôle de la situation. Le regard de Conrad allait de l'un à l'autre. Il sourit avant de se lever et de faire signe à Paolo.

« Je ne crois pas qu'il va se pointer aujourd'hui. Paolo et moi on a encore quelques trucs à discuter avant d'aller dormir. »

« Pourquoi ne pas en discuter également avec Mevil? » Conrad eut un regard de côté vers lui.

« Nous n'avons rien à nous dire. Je ne lui fais pas confiance et je ne vois pas pourquoi tu l'as fait venir ici. » Livia s'essuya la bouche avant de répondre, mais Mevil répondit pour elle.

« Parce que je ne suis pas aussi… comment dit-on cela en français… ah oui, je ne suis pas aussi con que vous voudriez que je le sois. Vous espériez peut-être que monsieur Bertrand se montrerait à vous dès votre arrivée pour que je ne puisse en être témoin. Bien pensé, mais monsieur Bertrand est très intelligent. Je n'oublierais pas ce détail si j'étais vous. » Il y avait une pointe de menace dans ses paroles que Conrad sembla également entendre. Il tourna les talons en direction de sa chambre. Avec un dernier coup d'oeil vers Mevil et Livia, Paolo le suivit.

Une fois les deux hommes hors de son champ de vision, Livia se surprit à respirer plus profondément et ses muscles se détendirent.

« Vous croyez vraiment à ce qu'ils disent sur mon père? » Mevil ne répondit pas immédiatement. Il sembla réfléchir à la meilleure façon d'aborder un sujet délicat.

« Les informations de Paolo ont un fond de vérité. Votre père a collaboré avec un homme très puissant et les autorités sont à sa recherche. » Livia regarda autour d'elle, s'attendant à ce que quelqu'un surgisse pour exiger qu'elle dévoile ce qu'elle savait sur son père. Ils seraient déçus.

« Pourquoi? »

« Ils croient qu'il est responsable de la mort des villageois. » Livia sourit.

« Mais ce n'est pas vrai, vous venez de dire que c'est ce Juan qui est derrière. » Il secoua lentement la tête.

« C'est la version officielle. Tant que les autorités n'ont pas de preuves, ou votre père, dans les mains, ils vont trouver un bouc émissaire pour éviter la panique. Verano est un choix idéal. » Le sang battait rapidement dans ses temps.

« Comment serait-il responsable alors? Qu'est-ce qui s'est passé? » Elle ne voulait pas savoir, elle ne voulait pas être impliquée.

« Paolo avait raison sur une chose. Votre père a collaboré avec un homme très puissant pour développer une toxine. Jan croit que les morts dans le village sont le résultat de cette toxine. » Elle secoua furieusement la tête.

« Mon père ne ferait jamais une telle chose. »

« Vous dites qu'il a été enlevé... »

« Vous êtes très intéressé par mon père et ses recherches. Ce n'est pas un hasard qu'on se soit rencontré, n'est-ce pas? »

« Non. Rosalia savait que je cherche à disculper votre père. Je suis au courant de la toxine depuis très longtemps. »

Elle pointa vers l'enveloppe qui traînait sous le journal.

« Et ça? » Mevil souleva l'enveloppe, hésita avant de la lui tendre.

« Ce sont des photos des victimes. Je ne vous conseille pas de les regarder, à moins que vous vouliez savoir de quoi les autorités accusent votre père. » Livia ne fit pas un mouvement pour y toucher.

« Pourquoi à vous? »

« Comme je vous l'ai déjà dit, je veux trouver les véritables responsables. Jan m'a fait une faveur en m'en donnant une copie. Personne ne doit savoir mon implication. »

« Est-ce qu'il pourrait vraiment être responsable? »

« Sans l'avoir voulu. »

« Alors je veux voir. Je veux savoir à quel point il s'est foutu dans le trouble depuis sa disparition. »

« Je vous avertis, ce n'est pas de jolies photos pour les touristes. » Elle hocha la tête et ouvrit l'enveloppe en tremblant.

Elle eut un haut-le-coeur à la première photo. La forme du cadavre avait été conservée, mais la peau d'ébène s'était ratatinée et avait une texture qui ressemblait à celle du goudron. Les cheveux avaient gardé leur lustre, la bouche était ouverte dans un cri silencieux et le visage s'était figé dans une grimace de douleur.

À la troisième photo, celle d'une mère et de son enfant, Livia en eut assez et les poussa vers Mevil. Elle commanda un verre de vin sous le regard désapprobateur de Mevil. Elle avait besoin d'un remontant.

« Je vous avais avertie. » Livia gratta sa cicatrice en secouant la tête.

« N'en parlons plus. » Son verre de vin arriva et elle sourit à Mevil en prenant une gorgée. Elle devait penser à autre chose et la chaleur du vin avait un effet calmant. « Vous devriez essayer, ça détend. »

« J'ai l'impression que vous n'en faites encore qu'à votre tête, sans réfléchir. » Elle déposa la coupe près de l'assiette que Conrad avait vidée.

« Pourquoi dites-vous cela? À cause du vin? Des photos? » Il hocha la tête.

« Je viens de vous montrer des photographies qui auraient dû vous rendre malade et vous faites comme si rien ne s'était passé. Vous retournez dans votre routine. » Il croisa ses bras et s'appuya contre le dossier de la chaise, les yeux mi-clos. « Je ne peux pas vous dire quoi faire, mais après ce qui s'est passé la nuit dernière, et ce dont votre père semble pouvoir faire, je serais plus prudente dans un tel environnement. » Elle fit un vague geste de la main.

« Ils ne m'ont pas vraiment laissé réfléchir, j'étais droguée. Pour mon père, je ne crois pas pouvoir faire quoi que ce soit pour vous être utile. »

« C'est ce que vous croyez, mais je me méfierais de Conrad. »

« Bah, il ne faut pas le prendre au sérieux. » Il croisa ses bras sur sa poitrine.

« Au contraire. Il peut vous paraître comme un mouton qui suit les personnalités plus fortes, comme ce Paolo, mais il est en contrôle de la situation, c'est lui qui mène le jeu. » Elle se mit à rire.

« Conrad? Il a toujours été un suiveux. C'est Paolo qui m'a trouvé un médecin. Ils n'étaient dans ma chambre que sur les conseils de Paolo. Le père de Conrad est peut-être très intelligent et il était capable de faire face à mon père, mais ça n'a pas été transmis à son fils. » Mevil haussa un sourcil et le sourire moqueur qu'il affichait lui monta le sang aux joues. C'était sans doute l'effet du vin et de l'air chaud qui accélérait ses battements de coeur.

« Un suiveux? »

« Quelqu'un qui agit comme un mouton. Doux, mais facile à contrôler. C'est moi qui menais les jeux quand on était des enfants. »

« Croyez-moi, il n'est plus comme cela. » Livia porta son attention sur la coupe qu'elle tournait entre ses doigts.

« Si j'ai à craindre quelqu'un, ce serait Paolo. Il est atterri de nulle part, je n'en ai jamais entendu parlé, jamais vu son nom dans les notes de mon père. J'étais trop jeune, probablement. » Elle porta la coupe à ses lèvres, mais il posa sa main sur la sienne. Elle frissonna.

« Rosalia m'a dit que votre père s'est fait enlever et qu'ensuite il s'est fait passer pour mort? Il avait peur, il a encore peur. Respectez les sacrifices qu'il a dû faire pour vous garder en sécurité. » Sa voix était grave, sérieuse et aussi chaude que l'air du pays. Livia posa la coupe sur la table.

« Alors je vous fais confiance pour qu'il ne m'arrive rien tant que mon père n'est pas là. Je ne suis pas idiote, je sais maintenant qu'ils sont prêts à tout pour mettre la main sur mon père. Par prudence ou pour qu'il travaille pour eux, je n'en suis pas encore certaine. »

« Et cela ne vous ennuie pas? »

« Au contraire, je suis très curieuse de savoir ce qu'ils vont tenter. » Mevil fronça les sourcils.

« J'ai peur de ne pas vous suivre. » Livia but un peu de vin avant de répondre.

« C'est très simple, mon père est paranoïaque. Je suis certaine qu'il sait déjà, je ne sais pas comment, que je suis en Nurésie. Il sait que je suis dans cet hôtel, à ce moment précis, et que je mange à votre table. Il a pu se faire passer pour mort pendant quatre ans et maintenant il semble que tout le monde dans ce pays le recherche, mais il a un réseau d'espions qui vont me garder à l'oeil. Il ne laissera rien m'arriver. »

« Vous ne pouvez en être certaine, voyez ce qui s'est passé la nuit dernière. » Livia sourit.

« Je compte sur vous. Vous ne laisserez rien m'arriver. » Il se pencha au-dessus de la table, son regard fixé sur le sien. Décidément, la soirée n'allait pas en se rafraîchissant.

« En effet. » Elle était hypnotisée par son regard. Son coeur sembla manquer un battement. Ce fut Mevil qui bougea en premier. Elle secoua la tête et se mit à parler pour cacher son trouble.

« C'est pour cela qu'il est un mort-vivant. C'est pour cela que Rosalia était chez moi. Ce n'est pas une coïncidence que j'ai reçu la boite de mon père à ce moment. Il ne voulait pas que je vienne en Nurésie avant de trouver la clé, mais Guy n'a pas compris… » Livia s'interrompit. Elle avait réfléchi à voix haute, sans se préoccuper de son interlocuteur, mais les choses avaient soudainement du sens. Elle se leva sous le regard ébahi de Mevil. « Désolée, je dois faire quelque chose d'important. » Elle se tourna vers le serveur. « Est-ce que vous pouvez me préparer du café et le porter à ma chambre dès que possible? »

« Un mort-vivant? » Il semblait perplexe. Livia se mit à rire.

« Longue histoire. On se revoit demain! » Elle dut se retenir pour ne pas courir jusqu'à sa chambre. Elle se trouvait idiote de ne pas y avoir pensé plus tôt. Son père avait suivi sa progression. Il savait ce qu'elle pouvait faire et il lui faisait confiance d'effectuer ce qu'il ne pouvait pas. Il n'utilisait pas un code, il utilisait son propre langage. Celui qu'elle utilisait depuis plusieurs années. Le moment n'était pas encore venu de retrouver son père.

Chapitre 12

Livia s'arrêta devant sa chambre. Il y avait un bout de papier glissé sous la porte. Elle se pencha et le déplia nerveusement. Peut-être que son père était tout prêt et lui indiquait comment le rejoindre. Elle s'assura que personne ne l'observait, mais elle était dans la pénombre et les clients du restaurant ne pouvaient voir son expression.

Elle lut le message en fronçant les sourcils. Elle regarda autour d'elle, s'attendant à ce que son auteur surgisse de derrière une autre porte, ou d'un des bosquets autour de la piscine, mais le silence régnait. Ce ne pouvait être qu'une blague de mauvais goût, son père ne pouvait avoir écrit cela sans plus d'explication.

Elle glissa le papier dans la poche de sa jupe et déverrouilla la porte. Si cela provenait de son père, les choses allaient changer.

Livia n'eut que le temps d'ouvrir la porte de sa chambre lorsqu'elle sentit le coup derrière sa nuque.

Elle se réveilla avec un mal de crâne au son d'un frappement à la porte. Pendant un moment, elle ne se souvint plus de l'endroit où elle était. Elle se massa la nuque et sentit la bosse dont on lui avait fait cadeau. Elle se releva et ouvrit la porte. Un pot de café encore chaud avait été laissé sur le sol. Livia ne se souvenait pas d'en avoir commandé et retourna à l'intérieur de sa chambre. Elle était certaine d'avoir oublié quelque chose d'important. Son regard balaya la pièce.

Rien ne semblait avoir été déplacé, ceux qui l'avaient attaquée étaient repartis sans laisser de traces. La boite de son père était sur le bureau, son sac sur le dossier de la chaise et ses valises fermées. Livia plissa les yeux pour mieux voir dans la pénombre. La ganse de son sac ne semblait pas être tendue. Elle s'y précipita. Son sac était léger. Elle regarda à l'intérieur. Elle se sentit pâlir et fut sur le point de perdre connaissance. Elle se laissa tomber au sol, la douleur martelant sa tête, le dos contre son lit, les jambes remontées sous son menton, espérant que le sol daigne s'ouvrir sous elle et l'avaler. La panique lui coupa le souffle.

On lui avait volé sa boite d'herbes.

Mevil apparut dans le cadre de la porte. Surpris, il s'agenouilla devant elle. Malgré l'inquiétude qu'elle lut sur son visage, il semblait beaucoup plus calme qu'à l'habitude, si cela était possible. Un calme froid qui ne l'apaisait pas. Elle tenta de contrôler son tremblement, mais n'y parvint pas. Sa main droite ne quittait pas la base de sa nuque. Livia savait qu'elle faisait une piètre figure et Mevil se contenta de l'aider à s'asseoir sur le lit. Elle ne savait pas si elle devait se sentir nerveuse d'être en sa présence.

« Qu'est-ce qui s'est passé? » Elle pouvait sentir l'inquiétude dans la voix de l'homme et les rides qui étaient apparues sur son front ne la rassuraient pas. « Ne bougez surtout pas. »

« Je vais bien. Par contre, j'aimerais bien qu'on cesse de s'en prendre à ma tête. » Elle tenta de se lever, mais Mevil la repoussa et elle n'avait pas la force de s'obstiner. Il sortit son téléphone et prononça quelques mots en nurésien en gardant ses yeux sur la jeune femme.

« Avez-vous vu vos assaillants? » Elle tenta de secouer la tête malgré la douleur.

« Je me suis fait frapper derrière la tête, vous croyez que j'ai des yeux tout le tour de la tête? » Elle tentait de garder ses idées ailleurs que sur sa boite d'herbes. Elle tira son sac à elle et le serra contre sa poitrine. Il ne restait que la boite de son père qui la narguait de la table.

« Est-ce qu'ils ont pris quelque chose? » Elle sentit les larmes monter à ses yeux et fit un effort pour les ravaler. Elle avait fait la plus grande gaffe de sa vie et elle savait que cela aurait des conséquences sur beaucoup de gens. Pourquoi avait-elle cru que ce serait une bonne idée de les emporter avec elle dans un autre pays?

« Oui, ma boite. » Les trois mots les plus difficiles à prononcer de toute sa vie.

« Qu'est-ce qu'il y avait à l'intérieur? » Elle détourna les yeux et se sentit soulagée lorsque deux hommes entrèrent dans la pièce. Mevil les laissa faire et l'un d'eux, un infirmier, s'agenouilla devant elle et lui pointa une lumière dans les yeux. Impatiente, Livia le repoussa. « En quoi la boite était-elle importante? »

« Elle contenait mes herbes et mes tisanes. »

« C'est tout? » Le soulagement perçait sa voix. Livia tenta de contrôler sa respiration et fixa son attention sur l'homme devant elle. Il l'ignora en répondant à la personne au téléphone.

« Des herbes plus puissantes que vous ne pouvez le croire. Des expériences basées sur celles de mon père. Je ne pouvais pas les laisser derrière moi au Canada. J'avais peur que ce qui vient de m'arriver arrive là-bas et que je ne l'apprenne qu'à mon retour. » Elle hésita avant de continuer. Elle pouvait entendre une mouche voler et se poser sur la table. Elle se concentra sur elle. « Ce que Paolo a mentionné au restaurant. Je peux le faire. » Mevil poussa l'infirmier et s'agenouilla devant elle.

« À quel point? » Elle refusait de le regarder. Elle n'aurait pas dû suivre les traces de son père.

« Une pincée peut tuer. » Elle ne comprenait pas le nurésien, mais elle était certaine qu'il venait de jurer. Il se leva et continua de parler dans son téléphone. Il termina sa conversation, ferma son téléphone et le glissa dans sa poche avant de se tourner vers elle.

« Avcz-vous la moindrc idéc à quel point ce que vous venez de faire est stupide? Combien de fois est-ce que je dois le répéter? Si vous n'êtes pas plus prudente, ils vont vous utiliser comme ils ont utilisé votre père. » La température dans la pièce descendit de plusieurs degrés. Elle venait de remettre à un inconnu une arme capable de faire beaucoup de dommages.

« Je le sais. »

« Vous n'avez rien pris de ce que je vous ai dit au sérieux. Rien! Vous auriez dû me dire que vous possédiez cela! Est-ce que vous avez d'autres surprises comme celle-ci? »

« Ce n'est pas comme si j'avais fait exprès! Pour n'importe qui, ce n'était que des thés et des tisanes. Personne ne sait ce que contiennent les sachets. » Elle se leva en repoussant l'infirmier qui tentait de regarder son bleu. « Vous pensez que je ne me sens pas mal? J'ai été attaquée par des inconnus! Ils ne savent pas ce qu'ils m'ont volé! »

« Il semblerait que quelqu'un était au courant. » Il sortit de la pièce.

L'infirmier posa sa main sur son bras lorsqu'elle tenta de suivre Mevil.

« À votre place, je ne dirais plus rien. »

« Je n'ai pas voulu ça! » Il lui serra l'épaule pour la réconforter.

« Je sais, mais ce n'est pas son seul souci en ce moment. » Elle fronça les sourcils. C'était la seule chose au monde à laquelle elle pouvait penser, qu'est-ce qui pouvait être plus important?

« Quoi? »

« Conrad a disparu. » Livia voulait rire, mais l'homme semblait sérieux. Conrad avait disparu et il était le seul à avoir vu le contenu de sa boite.

« Quand? »

« Juste après le souper. Paolo est allé prendre une douche avant de retourner discuter avec Conrad. Comme vous, il s'est fait attaquer en entrant dans la chambre. Depuis, plus une trace de Conrad. »

« Est-ce qu'ils ont laissé quelque chose derrière eux? » L'homme secoua la tête. Ils avaient la boite de Guy. Livia garda le silence jusqu'à ce que Mevil revienne dans la chambre. Il plissa les yeux pour mieux la regarder, semblant l'analyser sous un nouveau jour. Il fit signe à ses deux hommes.

« Lorsque vous aurez terminé avec elle, on part. » Livia secoua la tête et la douleur la força à s'asseoir.

« Non, je dois rester ici. »

« Votre avis ne compte plus. Vous allez faire exactement ce qu'on vous dit. »

« Vous allez me renvoyer au Canada? Et mon père? » Il secoua la tête.

« Impossible. Vous venez d'avouer avoir mis la vie de plusieurs personnes en danger, et votre compagnon est manquant. Si les autorités ont vent de cette histoire, ils ne vous laisseront pas partir et vous serez sans doute la coupable. »

« Pardon? » Livia n'était pas certaine d'avoir suivi son raisonnement. Son sourire était froid.

« Ils voudront se débarrasser de cette affaire le plus rapidement possible. Quelques règles. À partir de maintenant, vous ne posez plus de questions, vous ne parlez que lorsque je vous l'aurai autorisé et vous allez faire tout ce que je vous dirai de faire. Donnez-moi votre sac. » Il tendit la main vers le sac qu'elle tenait toujours contre elle, comme une bouée de sauvetage. Elle refusa. D'une main ferme, il le lui arracha. Livia tenta de le reprendre. Il fit signe à un de ses hommes qui l'obligea à rester assise sur le lit. Il ouvrit le sac et fouilla à l'intérieur. Livia le regardait faire d'un oeil mauvais.

« Vous n'avez pas le droit. » Il s'arrêta un moment et soutint son regard, sans émotion.

« Vous venez de briser une des règles. Je ne me répéterai pas. » Elle réussit à tirer le sac vers elle et croisa les bras.

« Et si je refuse de vous écouter? » Il soupira d'impatience et sortit un morceau de tissu du sac de premiers soins que l'infirmier rangeait.

« Vous faites ce que je vous dis ou je vous bâillonne, ligote, n'importe quoi, pour que vous n'ayez plus le choix que de m'obéir. C'est compris? » Elle renifla bruyamment.

« Et ensuite, vous accusez Conrad et Paolo de m'avoir enlevée alors qu'ils voulaient m'aider. Deux poids, deux mesures. Est-ce que tout le monde dans ce pays utilise ce genre de moyen pour obtenir ce qu'ils veulent, ou c'est juste envers moi? » Elle ne chercha pas à lui tirer une réponse et se contenta de lui redonner son sac. Elle espérait seulement qu'elle n'aurait pas à lui parler de la deuxième boite que ses attaquants auraient en leur possession grâce à Conrad. Les choses ne pourraient qu'empirer.

« Est-ce que vous avez paniqué autant que cela quand j'ai disparu la nuit dernière? » Il secoua la tête.

« Non, je savais que Conrad voulait se débarrasser de moi pour aller à Kiralis. Je ne savais pas que Paolo s'en était mêlé, je vous aurais mis tous les deux en garde. J'ai cru avoir le temps de prévenir ce genre de dérapage, mais il m'a pris au dépourvu.

Cette fois-ci, Conrad a vraiment disparu sans laisser de traces. »

« Qu'est-ce que vous avez contre Paolo? » Il tourna la tête vers la fenêtre en direction de la chambre de Conrad et son regard se fit plus dur.

« Il n'est pas ce qu'il semble être. »

« Vous disiez que Conrad était celui dont il fallait se méfier. » Mevil posa son regard sur elle. Il semblait fatigué.

« J'ai eu tort. » Il fit un signe vers la porte. « Attendez-moi dehors et tâchez de ne pas faire de bêtises. » Livia s'approcha de la table pour prendre la boite de son père, mais Mevil s'interposa. « Sans rien toucher. » Livia croisa son regard qu'il ne baissa pas. Après quelques secondes qui lui parurent des heures, elle baissa la tête comme une petite fille grondée et alla s'asseoir à la table que les hommes de Mevil avaient installée près de sa porte. La cafetière y était posée et Livia s'en servit une tasse. La nuit serait longue.

Elle regardait nerveusement l'entrée de l'hôtel avec le vague espoir que Conrad reviendrait et lui remettrait la boite envoyée par son père. Et s'il avait également ses thés, ce serait parfait. Sa disparition et celle de ses thés n'étaient pas une coïncidence. Elle laissa tomber deux cubes de sucre dans son café.

Elle n'avait pas vu le paquet que son père avait envoyé à Guy. Peut-être que la personne qui avait enlevé Conrad voulait obtenir les boites et que Charles avait paré à cette possibilité en fabriquant des boites différentes. Elle aurait peut-être subi le même sort que Conrad si ses attaquants n'avaient pas été interrompus par l'arrivée du café qu'elle avait commandé.

Sa tête lui faisait mal et ses mains tremblaient. Elle se retint de toucher à sa cicatrice, agrippa la tasse de ses deux mains et porta le liquide à sa bouche. Le café lui paraissait délicieux et réconfortant. Elle aurait aimé avoir ses herbes, elle avait le remède idéal pour ce genre de situation. Son tremblement revint plus fort et elle renversa une partie du café en déposant la tasse sur la table.

Les hommes de Mevil ne s'occupaient pas d'elle. Paolo

semblait attendre quelque chose dans le lobby de l'hôtel. Elle voulait quitter l'hôtel et retourner chez elle, en sécurité, plutôt que de faire face aux accusations. Elle se leva.

Comme s'il connaissait ses intentions, Mevil sortit de la chambre à ce moment et prit place à ses côtés, en ignorant son mouvement. Il laissa tomber son sac sous la table et attendit qu'elle s'assoie avant de lui tendre des comprimés dans sa main ouverte. Son regard avait perdu sa dureté, mais Livia continuait de se sentir mal à l'aise. Il avait accepté de les aider par esprit de famille et voilà qu'il se retrouvait avec un incident international sur les bras.

« Non merci. » Mevil attendit un moment avant de baisser son bras.

« Je ne tente pas de vous empoisonner, si c'est ce que vous craignez. Vous avez le droit de les refuser, mais je veux que vous compreniez une chose très simple. Je suis ici pour vous protéger. Votre père fait parti de notre famille, et vous êtes sa fille. » Livia secoua la tête. Elle se passa la langue sur ses lèvres sèches.

« Vous en avez suffisamment fait pour nous. Je sais que vous aviez promis à Rosalia, et que vous espérez peut-être que je peux vous aider à savoir si mon père a créé la toxine, mais les choses prennent beaucoup trop d'ampleur et je ne voudrais pas que… » Il l'interrompit en posant sa main sur la sienne. Il posa les comprimés dans sa paume.

« Votre père a sauvé la vie de Rosalia et de beaucoup d'autres personnes. Ma famille et mon village ont une dette envers lui. Je ne vous abandonne pas, même si vous ne me dites pas toute la vérité. » Elle ouvrit la bouche pour répliquer, mais il la fit taire d'un geste de la main. « J'ai besoin de vous pour retrouver Conrad. Vous allez devoir répondre à toutes mes questions si on veut avoir une chance. » Livia referma sa main sur les comprimés et garda le silence, attendant les questions. Elle ne pourrait pas s'en sortir avec des réponses vagues. Elle avala les cachets avec une gorgée de café. « Quel est votre secret? » Elle haussa les épaules en regardant vers la chambre de Conrad.

« Il appartient à mon père. Je ne peux rien dire. » Il ne répondit pas immédiatement.

Son attention se tourna vers Jan et un autre homme qui venaient d'entrer dans la cour de l'hôtel. Paolo alla à leur rencontre, ils discutèrent un moment avant de venir les rejoindre. Mevil suivit son regard et il se leva lentement, le visage impassible, pour les accueillir.

« Je ne croyais pas que tu engagerais tes petits copains dans cette histoire. Ils ne devraient pas plutôt s'occuper de garder le secret sur l'empoisonnement de la population? » Sa voix avait perdu le peu de chaleur qu'il avait regagné depuis qu'elle lui avait avoué le contenu de ses tisanes. Elle pouvait le sentir encore plus tendu qu'à son habitude.

« Voyons Mevil! Tu devrais être content qu'on s'occupe de ramasser les pots cassés par ta faute. Contrairement à toi, ils sont capables de s'occuper de deux problèmes en même temps. » Paolo semblait certain d'avoir gagné.

« C'est toi qui as entraîné ces deux jeunes gens à Kiralis sans aucune préparation. » Livia frissonna à la froideur de son ton.

« Et toi tu t'es empressé de nous suivre, avec ton escorte qui a autant de subtilité qu'un pachyderme. Ou plutôt, tu suivais la demoiselle. Est-ce que tu te contentes de la prendre sous ton aile, ou tu la courtises pour avoir un peu de plaisir? » Livia sursauta et voulut répondre à l'insulte, mais Paolo l'interrompit en souriant. « Ni voyez aucune offense, Mevil a une certaine réputation pour garder compagnie aux jeunes demoiselles. »

« Tu as attendu d'avoir des back-up pour montrer ton vrai visage? Ou c'est le coup à la tête qui te fait perdre toute forme de politesse? »

« Vous auriez dû me dire que vous vous connaissiez déjà avant aujourd'hui… » Ils ne l'écoutaient pas. Le regard de Livia allait d'un homme à l'autre, spectatrice d'un combat de coqs. Elle aurait dû se douter qu'ils avaient une histoire. La tension qu'elle avait sentie entre eux depuis l'arrivée de Mevil à Kiralis semblait être sur le point d'éclater. Elle se tourna vers les deux nouveaux arrivants.

Elle reconnaissait l'homme responsable pour l'avoir vu parler avec Mevil au souper. Jan. Il était de la même grandeur qu'elle, les cheveux rasés et des yeux bleus entourés de pattes de mouche. Ses paupières tombantes lui donnaient un air ennuyé. Il avait une quarantaine d'années et ne se préoccupait pas des regards que lui jetaient les clients du restaurant à une vingtaine de mètres d'eux. Son compagnon, plus grand que Paolo ou Mevil, avait les cheveux blond cendré et ses taches de rousseur lui donnaient entre 30 et 35 ans. Des lunettes dorées entouraient des yeux gris et un regard vague. Ils portaient des pantalons kaki et un t-shirt noir.

Maintenant que Jan était en face d'elle et accompagné, elle savait ce qu'ils étaient avant même qu'il n'ouvre la bouche. Leur présence ne faisait rien pour la rassurer et elle tenta de garder le contrôle de son coeur qui battait trop fort et trop rapidement. Il y avait une chance qu'elle se trompe, mais elle devait rester sur ses gardes. Sa cicatrice lui démangeait.

Le plus petit posa fermement sa main sur l'épaule de Paolo qui se redressa.

« Mevil, Paolo, ça suffit. Quel est le problème? » Sa voix était aussi froide que celle de Mevil.

« Je suis certain que Paolo vous a déjà donné tous les détails, et en a probablement forgé quelques-uns. » Paolo se tourna vers Mevil, furieux.

« Ne joue pas à ce petit jeu, c'est toi qui es dans le trouble. Tu as laissé un étranger se faire enlever. »

« Peut-être a-t-il décidé de partir par lui-même. Rien n'a été laissé derrière. » L'homme rasé ignora leurs échanges de mots et se dirigea vers la chambre de Livia. Celle-ci se leva et lui bloqua le passage.

« Qu'est-ce que vous allez faire dans ma chambre? »

« Laissez-moi passer. » Livia secoua la tête.

« Est-ce que ma chambre est devenue publique? » Mevil s'approcha d'elle. L'homme ne bougea pas et Livia se sentit devenir de plus en plus petite sous son regard sévère. Il lui pointa la table.

« Asseyez-vous à cette table et ne la quittez pas tant que nous ne serons pas satisfaits de notre fouille. » Surprise, Livia regarda Mevil et l'homme tour à tour. Elle croisa les bras sur sa poitrine.

« Pas question. Mes effets personnels. » Mevil posa sa main sur son bras.

« Mademoiselle… » Livia se dégagea.

« Qui êtes-vous? »

« Capitaine Jan Edwards… » Furieuse, Livia tenta de le repousser.

« Je ne laisserai pas un militaire entrer dans ma chambre. Pas maintenant, pas jamais! » Il tenta de la pousser de côté, doucement, mais elle refusa de bouger et continua de frapper son torse de sa paume ouverte. « Laissez-moi tranquille! »

« Nous allons fouiller votre chambre, avec ou sans votre consentement. » Livia se mit à rire.

« Je ne crois pas, non. » Un seul muscle au coin de la bouche du capitaine tressaillit. Livia avala péniblement sa salive.

« Je ne vous ai pas demandé votre avis. »

« Et vous ne trouverez pas Conrad dans mes valises. »

« Il a peut-être laissé traîner quelque chose qui nous permettrait de le retrouver. »

« Dans ma chambre? Ha! Je crois que vous avez la mauvaise idée sur moi. Je n'aurais jamais laissé Conrad y mettre les pieds. » Le capitaine se permit un sourire qui fit frissonner Livia. Elle n'aimait pas cet homme, il lui faisait peur même s'il n'avait tenté, jusqu'à présent, que de la raisonner. Et il était un militaire.

« C'est ce que vous avez fait à votre arrivée dans la capitale. »

« Allez vous faire foutre! » Mevil posa sa main sur l'épaule de l'homme. Livia savait qu'elle venait de franchir la ligne de ce qu'elle pouvait se permettre dans un pays étranger.

« Auriez-vous quelque chose à cacher? » Faire marche arrière à ce point-ci ne servirait à rien.

« Je vous avertis une seule fois. Si vous fouillez dans ma chambre ou dans mes effets personnels, je vous jure qu'il n'y aura pas que Conrad qui va se retrouver mort à la fin de la journée. » Aussitôt, Livia se mordit la lèvre. Elle ne pouvait reprendre ses paroles. Elle pouvait voir la lueur de triomphe dans les yeux de l'homme. Elle chercha l'aide de Mevil, mais celui-ci se contenta de lui prendre fermement le bras, de la tirer vers la table et de l'asseoir avec plus de force qu'il n'était nécessaire. Elle avait beaucoup trop parlé et elle était furieuse qu'il décide, à ce moment, de prendre finalement les choses en main. Elle voulait continuer son attaque, effacer l'air important que le capitaine avait sur son visage. Paolo avait pris la place de Mevil à la table et regardait la scène en souriant.

« Vous êtes certain que je ne peux rien faire pour l'en empêcher? Ils ne devraient pas être en train de fouiller la chambre de Conrad? Ou peut-être qu'il a décidé de se cacher dans une autre chambre de l'hôtel, si personne ne l'a vu sortir. » Le capitaine et son compagnon disparurent dans sa chambre. Livia ferma son poing, les ongles s'enfonçant dans ses paumes.

« Les règles sont différentes ici. Le capitaine peut faire ce qu'il veut, il pourrait même vous emprisonner si ça lui chante. Faites preuve de retenue. » Il soupirait en parlant. Paolo se pencha vers elle.

« Ils n'ont pas à aller dans la chambre de Conrad, j'ai déjà tout vérifié. » Livia voulait soudainement passer sa frustration sur Paolo.

« Espèce de visage à deux faces. Si quelqu'un a été amadoué par un beau parleur, c'est bien Conrad. Il croyait que vous étiez de notre côté, mais de la façon dont vous agissez, j'ai l'impression que vous êtes contre moi. Pour qui est-ce que vous travaillez? » Surpris par cette tirade, Paolo allait répondre, mais Mevil força Livia à lui faire face.

« Calmez-vous! » Livia ferma les yeux, prit une inspiration et compta jusqu'à trois. Elle ouvrit les yeux. Il pointa l'entrée de l'hôtel où plusieurs Nurésiens en uniforme de combat, des armes glissées sur leur épaule, forçaient les gens à quitter le restaurant et retourner à leur chambre.

Les clients obéirent sans dire un mot, suivi d'un ou deux militaires. « Vous n'êtes pas la seule, toutes les chambres vont être fouillées. »

« Il n'y a aucun moyen de les arrêter? Qui est en charge? » Mevil secoua lentement la tête.

« Depuis la guerre, les militaires ont tous les droits. Il faut éviter d'attirer leur attention, un concept qui vous est étranger. Heureusement pour vous, le capitaine Edwards est un homme raisonnable. » Le regard de Livia suivait le mouvement des militaires. Ils poussaient les gens pour qu'ils bougent plus rapidement et n'hésitaient pas à utiliser leur arme pour éviter les désobéissances. Ils n'étaient pas de son côté. Ils lui rappelaient trop la disparition de son père.

« Qu'est-ce qu'il espère trouver dans ma chambre? »

« Ceci. » Le capitaine venait tout juste de ressortir de la pièce avec un bout de papier. Il le laissa tomber sur la table et elle le prit d'une main tremblante. Elle le déplia et eut de la difficulté à le lire. Il n'y avait pas de signature. Elle regarda le capitaine sans comprendre. Il eut un mouvement d'impatience avant de le lui arracher et de lire à haute voix. « Conrad en sait trop, il faut l'éliminer. Tiens-toi prête. »

Livia secoua la tête, hébétée. Paolo tenta de voir le bout de papier, mais le capitaine le donna à son compagnon.

« Je ne sais pas d'où ça vient! » Sa main s'approcha de sa poche, mais le regard lourd de Mevil la retint et elle prit une gorgée de café. Elle leva les yeux vers le capitaine.

Personne ne disait un mot, il n'y avait aucun bruit autour d'elle. La nuit était silencieuse. Elle aurait aimé que Mevil prenne sa défense, explique au capitaine qu'elle ne pouvait être complice dans la disparition de Conrad et que son père ne ferait pas une telle chose.

Il ne pouvait pas. Ils ne se connaissaient que depuis deux jours. Il avait probablement discuté avec Rosalia, mais tout cela n'était pas suffisant pour l'aider. Elle n'avait aucun contrôle sur la situation, elle ne pouvait même pas garder l'espoir que les choses se règleraient d'elles-mêmes.

Elle était à la merci de la bonne volonté d'un militaire. Elle frissonna à cette terrible pensée. Si elle ne réussissait pas à le convaincre, elle allait terminer ses jours dans une prison au fond de la Nurésie.

Chapitre 13

« Reconnaissez-vous cette écriture? » Elle secoua la tête et porta son attention sur les sandales qu'elle avait aux pieds. Elle ne voulait pas avouer qu'il s'agissait d'un message de son père. Après avoir vu les photographies, elle ne voulait pas avouer qu'elle était liée à son père. Le capitaine voudrait savoir qui il était, et elle devrait raconter toute son histoire.

Elle n'avait rien pu faire lorsque son père avait disparu, elle devait maintenant tout faire pour le protéger. Du moins, jusqu'à ce qu'elle le revisse et qu'il lui explique la situation. Elle sentait les regards lourds de reproches du capitaine et de Mevil, mais elle ne pouvait rien dire. Paolo semblait être le seul à s'amuser de la situation.

« Mademoiselle, j'espère que vous avez… » Le capitaine fut interrompu par du brouhaha venant de l'entrée de l'hôtel. « Qu'est-ce que..? » Paolo bondit de sa chaise et courut en direction de la cohue. Livia leva la tête pour voir ce qui causait les cris. Un coup de feu retentit. Livia plaqua ses mains contre ses oreilles alors que le capitaine se précipitait vers l'entrée. Mevil agrippa son bras et la tira vers sa chambre.

Ses deux hommes étaient encore là, à la fois soucieux et furieux, leur regard posé sur le compagnon du capitaine. Mevil leur fit signe de rester sur place, ferma la porte et tira le rideau devant la fenêtre. L'homme aux lunettes n'en fit pas de cas et continua de fouiller dans sa valise. Livia feignit de ne pas le voir et s'adressa à Mevil.

« Qu'est-ce qui se passe? » Mevil ne lui prêta pas attention et tira le coin du rideau du bout du doigt. Un de ses hommes sortit une arme de l'intérieur de sa veste et se posta près de la porte. L'autre homme la poussa vers le fond de la chambre et resta près d'elle. « Mevil! » Celui-ci tourna brièvement la tête vers elle, mais ne dit rien.

Livia s'avança vers le centre de la pièce, mais son nouveau garde la repoussa hors du champ de vision de la fenêtre. Elle n'eut pas le temps de protester, car Mevil ouvrit la porte de la chambre. Le capitaine et Mevil échangèrent quelques mots avant de se retourner vers elle. Mevil semblait furieux. Le capitaine l'ignora et fit signe à Livia de le suivre et elle se dépêcha d'obtempérer.

Livia fit un pas de recul en voyant les deux hommes en tenue de combat qui se tenaient devant sa porte, un Nurésien maintenu fermement entre eux. Du sang noir et épais s'écoulait d'une blessure au ventre et le Nurésien semblait sur le point de s'évanouir. Elle détourna rapidement son regard pour éviter de voir le sang.

« Reconnaissez-vous cet homme? » Livia secoua la tête. « Vous en êtes certaine? Parce que lui dit vous connaître. »

« Quoi? » Livia était confuse. Deux jours auparavant, elle ne connaissait qu'une personne provenant de la Nurésie, son amie Rosalia. Elle n'avait pas eu le temps, depuis, de se faire des amis dans le pays. Le capitaine soupira.

« Il dit vous connaître. » Livia se tourna vers lui, la peur au ventre.

« Je ne suis pas sourde et qu'est-ce que ça changerait s'il me connaissait? »

« Il avoue avoir participé à l'enlèvement de Conrad. » Involontairement, elle prit un pas de recul. Ce n'était pas bon.

« Il ment! Vous mentez! Il ne s'est pas passé cinq minutes entre le coup de feu et maintenant. Vous ne pouvez avoir obtenu un aveu aussi facilement! » Le militaire haussa un sourcil. Livia entendait un bourdonnement dans ses oreilles. C'était un cauchemar, ça ne pouvait pas être réel. Elle allait se réveiller d'un moment à l'autre, au Canada, son père sagement mort.

« Il a besoin de soin, il a parlé. » Livia eut un haut-le-coeur. Il ne pouvait être sérieux, il ne pouvait lui refuser des soins, c'était de la torture.

« Pourquoi? »

« Bienvenue en Nurésie, mademoiselle. » Il se tourna vers

l'homme et le questionna en nurésien. L'homme regarda la jeune femme en hochant la tête.

« Livia Dubuc. » Il avait chuchoté son nom. Mevil sortit de la chambre à son tour.

« Capitaine, est-ce que je peux avoir deux mots avec vous? »

Le capitaine ordonna aux militaires d'éloigner l'homme et Livia refoula ses larmes en voyant le corps inanimé être traîné sur les dalles de ciment. Heureusement, il n'y avait plus personne dans le restaurant pour observer ce triste spectacle. Une fois hors de sa vue, Livia leva la tête et croisa le regard sévère et effrayant du capitaine. Une sueur glacée coula le long de son dos et elle referma ses bras sur sa poitrine.

« J'ai des questions à poser à cette jeune femme. »

« Et vous croyez vraiment qu'elle a quelque chose à voir avec cela? Elle venait tout juste de quitter ma table lorsque Conrad a été enlevé. » Le capitaine leva un doigt vers Mevil.

« Je t'avertis, si tu te mets dans mon chemin, je te renvoie immédiatement du trou à rat d'où tu viens et personne, je dis bien personne, ne pourra t'y retrouver. » Livia sursauta devant la haine qui passait dans la voix du capitaine. Mevil pinça les lèvres.

« Je vais faire la même chose. Mademoiselle Livia n'a rien à voir avec la disparition de Conrad, malgré les preuves. C'est un coup monté. Si vous ne touchez qu'à un seul de ses cheveux, ou que vous lui causez plus d'angoisse qu'elle n'en subit en ce moment, je vous jure que vous allez le regrettez, avec un billet vers les États-Unis en prime. En cargo. »

« C'est une menace? »

« Si vous le prenez ainsi. Vous êtes dans mon pays, vous devez jouer avec nos règles. » Ils se défièrent du regard pendant quelques minutes. L'homme aux lunettes s'approcha du capitaine et lui tendit la boite de Charles.

« Capitaine, j'ai trouvé cela dans les effets de la demoiselle. » Livia tendit la main pour la prendre, mais le capitaine fut plus rapide. Mevil se pencha à son oreille.

« Un autre secret? » Livia secoua les épaules et l'ignora.

« C'est à moi. Vous n'avez pas fini de vous acharner sur moi? Vous n'avez pas quelque chose de plus important à faire?

Trouver Conrad? Je vous rappelle qu'il est manquant. Ou peut-être vous occuper de trouver les responsables derrière la mort curieuse des villageois? » Livia était exaspérée. Elle devait se sortir de cet interrogatoire, trouver son père, retrouver ses herbes et sortir de ce pays. Tout le monde semblait prendre plaisir à lui rendre la vie impossible.

« Si vous y tenez tant, vous ne verrez pas d'inconvénient à ce que j'y jette un coup d'oeil? »

Mevil attrapa fermement le bras de Livia, un avertissement de ne pas se donner à nouveau en spectacle. Il la força à s'asseoir à la table.

« Oui j'y vois un inconvénient. C'est un bloc de bois. Un porte-bonheur, quoiqu'il ne semble pas fonctionner dans ce pays. Accessoirement, je peux l'utiliser comme arme. » Elle resta sagement en place, les mains croisées sur ses genoux. Si elle ne disait rien, personne ne saurait son usage et elle n'aurait pas à répondre aux questions.

Le capitaine observa la boîte comme s'il s'agissait d'un casse-tête dont il devait absolument trouver la solution dans les trois secondes suivantes. Livia se détendit. Il était peut-être un militaire, mais il ne semblait pas avoir vu une boite construite par son père.

« Qu'est-ce que c'est? » Livia sourit.

« Est-ce que vous m'avez écoutée? Un bloc de bois. Simple. » Il le laissa tomber sur la table, renversant le café froid sur la jeune femme. Livia se leva avec un cri et tenta d'éponger le plus gros des dégâts. Le capitaine ne s'excusa pas.

« C'était ma jupe préférée! » Mevil fit un pas vers le capitaine.

« Qu'est-ce que ça veut dire? »Le capitaine l'ignora et accrocha le regard de la jeune femme.

« Asseyez-vous. » Livia lui obéit sans réfléchir. « Je n'aime pas qu'on me mente. Qu'est-ce que c'est? »

« Un bout de bois. » Il reprit la boite et la passa d'une main à l'autre.

« Il me semble léger pour un objet de cette taille. » Livia refusa de répondre. Il secoua la boite avant de chercher un moyen de l'ouvrir. Livia retint imperceptiblement son souffle. Il savait. « Comment l'ouvre-t-on? »

« C'est un bout de bois! Combien de fois est-ce qu'il faut que je le répète? » Elle jeta un coup d'oeil vers Mevil, suppliante.

« Mademoiselle, je vous conseille de collaborer. »

« C'est mon porte-bonheur! » Le capitaine fit signe à Mevil de les laisser, mais il refusa.

« Nous devons parler. » Le téléphone du capitaine sonna. Il répondit en fixant la jeune femme et se leva pour discuter. Mevil se tourna vers elle.

« Je ne peux pas vous aider si vous ne me dites rien. » Livia s'assura que le capitaine ne pouvait l'entendre avant de répondre.

« Je n'aime pas les militaires. C'est à cause d'eux que mon père a disparu. Ce sont eux qui ont annoncé à ma mère que son mari était mort dans un accident de laboratoire. Ils nous ont menti, mon père nous disait souvent qu'il ne travaillerait jamais pour eux et ils l'ont tiré hors de la maison au milieu de la nuit. Il n'a pas eu le temps de nous embrasser. » Elle tapa la boite du bout de son index. « Un cadeau de mon père. C'est à cause de ce stupide morceau de bois que je suis ici. Guy, le père de Conrad, en avait reçu un. » Mevil hocha la tête, mais ne put répondre lorsque le capitaine revint.

« Roberto vous attend à l'extérieur. » Avec un dernier coup d'oeil vers la jeune femme, et sans lui dire un mot, Mevil se dirigea vers l'entrée de l'hôtel. Il l'abandonnait après avoir eu les informations qu'il recherchait. Elle était trahie. Son estomac se contracta lorsqu'elle réalisa qu'elle était seule avec le capitaine. Il prit place sur la chaise à côté d'elle et fixa son attention sur la piscine devant lui. Malgré sa tentative de paraître décontracté, son attitude puait la discipline militaire. Elle le détestait. Il dut le sentir, car il changea de tactique et il pointa la boite. Son ton s'adoucit.

« Parlez-moi un peu de cet objet. » Il attendit. Elle pensa à prendre la boite et à courir pour mettre le plus de distance entre elle et le capitaine. Protéger la boite, protéger ce que son père avait cru bon lui confier.

Ce n'était pas une bonne idée. Elle pouvait s'imaginer le

capitaine rester de marbre lorsqu'elle tenterait de prendre la fuite alors que son compagnon, qui avait disparu depuis qu'il avait mis la boite entre les mains du capitaine, ferait la chasse. Elle était certaine que d'autres militaires l'attendraient à la sortie de l'hôtel. Elle était coincée à l'endroit où son père croyait qu'elle serait en sécurité.

« C'est un cadeau, un bloc de bois. » Elle ne devait rien dire, rien laisser paraître, continuer de raconter la même histoire.

« Vous êtes vraiment butée, comme votre père. » Elle sursauta. « Oui, je connais votre père. Un homme bien. » Elle ne dit rien. Il soupira. « Vous savez que cet objet est beaucoup plus qu'un simple bloc de bois. » Livia ne broncha pas. Il savait ce que c'était, mais comment? Un seul nom lui venait en tête : Paolo. Conrad devait lui en avoir parlé et il avait transmis ses connaissances au capitaine. Elle tenta de repérer l'homme, mais il faisait trop noir pour qu'elle distingue les silhouettes. « Beaucoup de personnes dans ce pays seraient prêtes à tuer pour l'obtenir. Il devait rester en dehors du pays. »

Mue par son instinct, Livia se leva, mais la main du capitaine se retrouva sur son bras et la força à rester en place. Elle tenta de se défaire de la poigne, mais cela ne servit à rien. Il contrôlait parfaitement la pression qu'il mettait sur son bras, suffisamment pour que ce soit douloureux et lui fasse comprendre qu'il pouvait lui casser le bras sans sourciller et sans effort, un peu à la façon de Mevil. Un militaire. Comme s'il ne s'était pas rendu compte de son mouvement, le capitaine continua.

« À cause de cet objet en votre possession, il n'est plus question que je vous quitte. »

« Prenez un numéro, il y a déjà Mevil et Paolo avant vous. »

« Les ordres de Mevil ont changé. Il a mis cet objet en danger. Et vous également. » Elle arrêta de se battre contre la main du capitaine. Mevil venait de la trahir une deuxième fois. Il travaillait toujours avec les militaires, tout n'était qu'une ruse.

« Je hais les militaires. » Elle avait pensé à voix haute. Elle se reprit, plus calmement. « Je ne sais même pas de quoi vous parlez. » Le capitaine tourna lentement la tête vers elle. Elle avait du mal à distinguer ses traits dans le noir, mais ses yeux brillaient étrangement.

« Vous pouvez continuer avec vos mensonges. C'est peut-être mieux ainsi, après tout. »

« Si vous savez autant de choses sur ça, peut-être que vous pourriez m'éclairer? » Il se figea en entendant des bruits de pas se dirigeant vers eux. Il poussa l'objet vers elle.

« Pas maintenant. Gardez cet objet entre vos mains. » Livia regarda la boite un instant avant de la glisser dans le sac que Mevil avait laissé sous la table. Elle passa ensuite la ganse en bandoulière avant de se détendre. Elle avait au moins l'un des morceaux du casse-tête à nouveau en sa possession. Elle voulut serrer ses bras autour de son sac pour mieux le protéger, mais elle ne devait pas laisser voir au militaire à quel point la boite était importante à ses yeux. Mieux valait qu'il croie qu'elle était une idiote ou qu'elle mentait.

« Et qu'est-ce que vous faites pour Conrad? »

« Ne vous inquiétez pas pour lui. Nous croyons que vous étiez la victime désignée, à cause de votre père et de cet objet que vous traînez avec vous. Ils ont sans doute été interrompus et ils sont partis sans vous enlever. Vous devriez vous compter chanceuse. »

« Conrad a été enlevé. »

« Et il possédait une copie de cet objet. Nous avons nos meilleurs hommes sur cette affaire. »

« Pour qui travaillez-vous? »

« Le gouvernement américain. »

« Je croyais que la Nurésie demanderait l'aide de la France. Si ma mémoire est bonne, ils ont beaucoup d'intérêts dans la région... »

« Peut-être avant la guerre, maintenant il demande la nôtre. Nous avons été mis au courant des recherches de votre père et personne ne veut que ce genre de... chose... tombe entre de mauvaises mains. »

« Je me sens soulagée. »

« Vraiment? » Il semblait surpris.

« Pas du tout. » Elle ne pouvait pas faire deux pas sans être entourée de militaires, comme s'il s'agissait de sa destinée. Sa mère avait peut-être raison, elle ne pouvait fuir son passé.

Mais contrairement à sa mère, elle n'avait pas l'intention de rester impassible et de laisser les autres lui dicter ses actions. Elle ne ferait pas la même erreur que son père. Après tout, Charles ne l'avait pas contacté par l'entremise des militaires. S'il leur avait fait confiance, tout cela aurait été beaucoup plus simple.

Mevil apparut devant elle.

« On ne peut pas attendre plus longtemps, nous devons partir tout de suite. » Il semblait inquiet.

« Tout est en place? » Mevil hocha la tête.

« En place? »

« Faites-moi confiance. » Elle eut un rire non convaincu.

« Je ne fais pas confiance aux militaires. » Elle leva la main pour l'empêcher de parler. « Vous n'avez aucune idée de ce qui est arrivé à Conrad alors vous avez décidé de me faire porter le blâme en prétextant que la présence d'un simple objet, un morceau de bois, est la raison de sa disparition. Je suis certaine que vous avez forcé ce pauvre homme à débiter cette histoire qu'il me connaissait et blabla. » Le capitaine sourit et se leva. Mevil lui tendit des menottes et le capitaine se plaça devant elle. Sans dire un mot, Livia se leva à son tour et regarda autour d'elle, cherchant une échappatoire.

« Je n'y suis pour rien! » La panique la gagna au moment où le capitaine lui attrapa la main et lui passa une menotte. Elle tenta de se dégager et en désespoir de cause, elle lui frappa le bas du ventre de son genou. Il sursauta, mais ne lâcha pas prise. Il était de marbre.

Elle le griffa de sa main libre avant de le mordre. Lorsqu'elle le sentit relâcher sa prise, elle en profita pour se dégager et courut en direction de l'entrée. Elle avait la boite de son père, c'était tout ce qui comptait pour le moment.

Elle n'avait pas couvert la moitié de la distance avant d'apercevoir les silhouettes de deux hommes qui lui barraient le chemin. Au même moment, un poids s'écrasa sur elle et elle se retrouva sur le ventre au sol, le souffle coupé. Elle était immobilisée, le coin de sa boite lui entaillant la cage thoracique. Mevil chuchota à son oreille.

« Vous avez oublié les règles. Ne tentez plus de vous enfuir et vous m'obéissez sans dire un mot. Est-ce que c'est clair? » Les deux hommes s'approchèrent d'eux. Mevil mit un peu plus de pression sur elle. « Est-ce que c'est clair? » Ils avaient un fusil à la main, pointés sur elle. Livia avala difficilement.

« Oui. » Aussitôt, le poids disparut et elle se fit remettre brusquement sur ses pieds. Mevil termina de lui passer la deuxième menotte, plus rudement que nécessaire. Elle grimaça à la dureté de la poigne de l'homme sur son bras.

« Tout va bien? » Mevil hocha la tête à la question du militaire.

« Un malentendu. »

« Très drôle. Aïe! » Livia posa un regard lourd de reproches sur Mevil à la douleur de sa poigne.

« Taisez-vous! » Le militaire haussa un sourcil, mais ne dit rien et s'éloigna avec le deuxième homme.

« Ce n'est pas une blague? Je suis en état d'arrestation? Je veux parler à mon embrassade, vous ne pouvez pas me garder contre mon gré. »

« Est-ce qu'il vous arrive quelquefois de vous taire et de réfléchir? On doit partir tout de suite. C'est pour votre bien. » Il la poussa vers la sortie. Paolo se détacha d'un groupe d'hommes qui la regardaient avec suspicion et s'approcha d'eux avec un sourire cajoleur.

« Voyons, Mevil. Ce n'est pas sérieux. Tu crois vraiment qu'une femme peut être coupable d'un enlèvement? » Livia l'ignora et se tourna vers Mevil.

« Où allons-nous? » Mevil s'arrêta pour lui faire face, mais ce fut Paolo qui lui répondit.

« En prison! Jusqu'à ce qu'ils mettent la main sur votre père, vous êtes la responsable de l'enlèvement de Conrad. Il y a un témoin, après tout. Mais personne ne m'écoute, moi. » Mevil ne dit rien et la tira à nouveau. Paolo les suivit à l'extérieur de l'hôtel.

À l'exception des lumières provenant de l'hôtel, tout était noir et Livia dut faire un effort pour adapter sa vision. Ils s'arrêtèrent en bordure du chemin désert.

« Vous croyez vraiment à cette bêtise? Je ne veux pas aller en prison, je veux retourner au Canada. » Mevil secoua la tête.

« C'est trop tard. » Ses paroles furent confirmées par le regard fuyant de Paolo. Il sortit une cigarette qu'il alluma. Livia était hypnotisée par la lueur rouge dans le noir.

« On va tenter de vous aider, mais on ne peut rien faire pour l'instant. » Livia voulait croire aux paroles de Paolo, mais elle s'était déjà fait avoir par Mevil. Paolo avait été dans l'armée lors de la guerre, tout comme Mevil.

Un camion s'arrêta devant eux et Mevil la poussa vers la porte du côté passager. À l'intérieur, une lumière s'alluma et le visage souriant de Roberto l'accueillit. Elle se réjouit de le voir vivant et en bonne santé.

« Je vais détacher vos menottes. Vous promettez de respecter les règles? »

« Dans vos rêves. » Il eut un soupir d'impatience.

« Je peux rendre ces six heures très désagréables pour vous. » Elle garda le silence avant de répondre du bout des lèvres.

« Promis. » Mevil lui détacha les menottes et elle se frotta les poignets pour raviver la circulation sanguine dans ses bras. « Vous auriez pu serrer plus, je n'ai pas besoin de mes mains de toute façon. » Il ne répondit pas et lui ouvrit la porte.

« Embarquez. » Livia ne s'obstina pas et prit place. Elle se pencha à son oreille.

« Est-ce qu'il vient avec nous? Malgré vos mises en garde? »

« Oui. » Son ton était neutre et il ferma la porte avant de prendre place sur la banquette arrière. Livia entendit le mécanisme de verrouillage dans sa porte et elle tenta de l'ouvrir, sans succès. Mevil eut un rire moqueur. Paolo prit place à côté de Mevil. Aussitôt, la voiture démarra.

Mevil se pencha entre les sièges avant et posa sa main sur son bras. Livia se dégagea sans effort.

« Ne me touchez pas. »

« Vous devriez dormir un peu, nous avons une longue route à faire. »

« Avant de croupir dans une prison? Vous savez que j'interprète cela comme un enlèvement? Vous ne voulez pas que je contacte l'embrassade, vous m'isolez et vous refusez de m'expliquer ce qui se passe. Pourquoi est-ce qu'on est parti si rapidement? J'allais mourir dans les secondes ou quoi? Un attentat? Une bombe? Vous savez que ça chamboule mes plans? Comment suis-je censée entrer en contact avec mon père? Et mes herbes… » Elle se retint d'en dire plus devant Paolo. Moins il y avait de personnes au courant du vol, plus elle aurait une chance de réparer les pots cassés. S'il existait une telle chance. Elle entendit Mevil soupirer derrière elle. Elle pouvait le sentir à la fois nerveux et inquiet.

« Ce n'est pas le moment de vous en faire. Pour votre sécurité, ne tentez pas de vous enfuir, ne faites que ce que je vous dis de faire et faites-moi confiance. »

« De me mettre en prison. » Personne ne lui répondit. Elle croisa ses bras sur son sac et tenta de se calmer, de desserrer les dents et les poings et de faire preuve de patience.

Elle s'éloignait de son père. Pourquoi est-ce que Conrad avait cru bon se faire enlever, comme son père à l'époque? Elle tourna la tête vers la noirceur à l'extérieur de la voiture. Elle ne voulait pas dormir, mais les événements des dernières 24 heures l'avaient épuisée et elle ne put résister à la vibration du camion lorsqu'ils quittèrent la route pour s'engager sur un chemin de terre qui ne menait pas vers la capitale.

Chapitre 14

La veille de son anniversaire. Le frappement contre la porte d'entrée. La nuit froide et humide.

Deux militaires en tenue de combat, une arme passée à l'épaule, face à Charles et Isabelle. Trois hummers noirs sur le chemin de graviers. Leur maison est la dernière au bout de la rue; ils ne sont ni perdus, ni trompés.

Le premier refus de Charles. Des paroles de menace envers sa femme et sa fille. Deuxième refus. Une arme levée contre Isabelle et le cri de Livia du haut de l'escalier. Rosalia qui tente de l'attirer dans sa chambre.

La panique dans les yeux de Charles. L'ordre effrayant de venir les rejoindre. L'obligation de Livia de marcher vers ses parents.

Le calme d'Isabelle et un murmure. Charles, suivi d'un des militaires, se rendant au sous-sol. La main de Isabelle sur son épaule, le tirant vers elle. Le temps qui s'écoule lentement, battu par le tic tac de l'horloge grand-père.

Les cahiers de notes dans les mains de Charles. Le baiser désespéré entre lui et sa femme. Le militaire impatient. Livia se précipite dans les bras de Charles. Les cahiers tombent au sol dans un fracas infernal. Le militaire qui la met brusquement au sol, le cri et les pleurs d'Isabelle.

La porte se referme derrière son père. Le militaire la relâche, profère des menaces à sa mère. Elle ne peut communiquer avec qui que ce soit. Ils vont les garder à l'oeil.

Isabelle à genoux au milieu du salon, les larmes le long de ses joues. Rosalia près d'elle, hébétée.

Le silence. Le temps qui passe.

Le coup de fil. Isabelle met en garde Guy. Elle raccroche, lentement, douloureusement. Elle se tourne vers elle, elle a perdu sa jeunesse.

« Guy va venir nous aider. N'en parle à personne. »

Guy qui ne viendra jamais.

Une première lettre. Il ne veut plus rien savoir de sa femme et sa fille. Il a une nouvelle vie.

Six ans.

Une lettre. Ils sont désolés. Charles est mort dans un accident.

Seules devant l'urne vide, Isabelle fait promettre à Livia de découvrir la vérité. Pourquoi il les a renié, qui l'a enlevé. Livia promet.

Des questions, des recherches, des lettres. Jamais de réponses.

Le cancer. Livia est seule avec Rosalia. Elle oublie la promesse faite à sa mère. Elle ne veut pas pardonner à son père.

Chapitre 15

« Livia, réveillez-vous! » La main sur son épaule, Mevil venait de l'appeler par son prénom pour la première fois depuis leur rencontre. Elle ouvrit péniblement les yeux à son ton urgent. Le camion s'était immobilisé et il n'y avait que la lumière des phares qui illuminaient des hommes sur la route devant eux. Avant de comprendre ce qui se passait, Paolo sortit du camion et se dirigea vers l'avant. D'autres lumières dansaient sur la route derrière eux et le deuxième camion s'arrêta.

« Mevil? Qu'est-ce qui se passe? On est arrivé? » Ils étaient au milieu de nulle part et Livia doutait qu'il s'agît de leur destination. Un autre homme se pointa dans le faisceau de lumière et elle reconnut le capitaine.

Paolo et le capitaine firent face à un groupe d'hommes armés de mitraillette. Ils n'avaient pas d'uniforme, certains fumaient, la plupart portaient un foulard sur le visage. Ce n'était pas l'armée. Du coin de l'oeil, Livia vit une arme pointée directement sur eux. Derrière, une paire d'yeux qui la fixait avec plus d'intérêts qu'elle ne l'appréciait. Elle avala difficilement sa salive et se tourna vers Mevil.

« Mevil? »

« Ne bougez pas. » Il sortit son téléphone. Le stupide téléphone qui semblait être la réponse à tous leurs problèmes. Il porta ensuite son attention sur elle. « Nous devons changer de voiture. Dès que votre porte s'ouvrira, vous allez marcher avec moi vers l'arrière, sans regarder ces hommes. Vous allez embarquer dans l'autre camion, sans dire un mot, sans argumenter et on va vous tirer de là. C'est compris? » Livia ne pouvait que hocher la tête. La voix lui manquait. Mevil ne perdait jamais son calme, mais une lueur étrange dansait dans ses yeux. Elle ne pouvait savoir s'il était heureux de la situation ou inquiet que le tout tourne en bain de sang.

Roberto glissa sa main sous son siège et en sortit un fusil. Sans lui jeter un coup d'oeil, il sortit de la voiture pour aller rejoindre le capitaine, qui venait de remettre son téléphone à un des hommes, et Paolo.

« Qu'est-ce qu'ils veulent? »

« Surement pas grand-chose. Les fusils ne sont là que pour appuyer leur message. »

« Ça fonctionne. » Malgré la présence de Mevil, elle se sentait seule. Elle réalisait maintenant qu'elle était une femme entourée d'homme et qu'elle ne savait pas se défendre. Elle devait compter sur la bonne volonté du capitaine, un militaire, et de Mevil et Paolo, qui avaient perdu la trace de Conrad dans un hôtel gardé.

« N'ayez pas peur, le capitaine a l'habitude de ce genre de négociation. » Elle crut entendre un sourire se glisser dans sa voix, mais elle secoua la tête pour éloigner l'idée d'elle. Il ne pouvait certainement pas se réjouir de la situation.

Elle passa sa main sous son propre siège dans l'espoir vain d'y trouver une arme qu'elle pourrait utiliser si les choses tournaient mal, mais ses mains moites tremblaient et elle n'aurait rien pu tenir. Elle joua avec sa ceinture pour la détacher, mais n'y arrivait pas. Elle n'osait faire de mouvements brusques pour ne pas alerter le groupe. Mevil se pencha vers l'avant et détacha la ceinture sans détourner son regard de ce qui se passait à l'extérieur.

Il ouvrit la porte et Livia se retrouva seule dans la cabine. Un des hommes s'impatienta et tira en coup en direction du ciel. Livia cria en plaquant ses mains sur ses oreilles, mais le bruit assourdit Livia. Elle se pencha pour être hors de vue. Son estomac se contracta, menaçant d'évacuer son repas, son coeur semblait vouloir exploser dans sa poitrine. Elle devait agir, elle ne devait pas devenir leur prochaine cible.

Malgré les conseils de Mevil, elle ne put s'empêcher de toucher à la porte, mais elle était toujours verrouillée et il lui serait impossible d'atteindre le mécanisme de déverrouillage dans la porte du conducteur sans attirer l'attention sur elle. Elle devait sortir. Elle devait prendre la fuite en espérant que personne ne pourrait la retrouver. Elle ne savait pas où elle irait, elle ne connaissait rien dans ce pays, mais aucune pensée logique ne traversait son esprit en cet instant.

Elle s'assura que la boite de Charles était toujours dans son sac. Son observateur s'approcha d'un pas vers le camion, mais tourna la tête en entendant un ordre. Livia en profita pour se faufiler sur la banquette arrière. Elle se glissa ensuite au sol, prête à ouvrir la porte.

Elle avait la main sur la poignée lorsque la porte avant s'ouvrit et la voix froide de Mevil lui parvint.

« Je vous avais dit de ne pas bouger! Vous avez un voeu de mort. » Il referma la porte et ouvrit la deuxième. Il la tira à l'extérieur du camion avant qu'elle n'ait pu reprendre son souffle.

« Après ce qui est arrivé à Conrad, je ne vous fais pas confiance. »

« C'est réciproque. Bougez. »

« Ils ont des armes… » Il soupira, exaspéré.

« Tout le monde à des armes dans ce pays. » Il l'aida à se mettre sur pied pour ensuite la pousser et la tirer vers le deuxième camion. Elle buta à plusieurs reprises sur le sol inégal, mais la main de Mevil était ferme et elle ne tomba pas une seule fois. Derrière eux, elle pouvait entendre des éclats de voix. Mevil marchait trop rapidement pour qu'elle puisse tourner la tête pour savoir ce qui se passait.

La porte arrière du deuxième camion s'ouvrit à leur approche et Mevil l'y poussa sans ménagement. Quelqu'un attrapa son bras à l'intérieur et la tira. Avant qu'elle n'ait pu se retourner pour parler à Mevil, il était déjà reparti, la porte refermée et le chauffeur effectuait un demi-tour. L'homme qui l'avait tiré à l'intérieur s'empressa d'attacher sa ceinture. Elle ne sentait rien que la peur paralysante. Elle se laissait faire, encore une fois, comme lors de la disparition de son père, comme lors de la mort de sa mère et la décision de Conrad de l'emmener dans ce pays.

Elle n'arrivait pas à penser clairement. Elle portait malheur à tous ceux qui l'approchaient. Elle referma se bras sur son sac et refusa de le confier à l'homme à ses côtés. L'homme devant elle se retourna pour lui faire face et elle s'attendait à voir le militaire aux lunettes dorées. Ce n'était pas lui. Ce n'était pas un militaire. Elle ne le reconnaissait pas. Elle ne reconnaissait personne dans le camion. Une odeur florale et épicée flottait dans la cabine.

Elle se tourna vers la porte, mais une main se posa fermement sur son bras. Ils ne lui laissaient pas même l'opportunité de se tirer en bas du camion.

« Nous sommes désolés de ce petit manège, nous devions vous parler ce soir, mais plusieurs événements nous en ont volé l'occasion. Nous ne pouvions pas vous laisser entre les mains des militaires. » Livia sentit une lueur d'espoir, mais ne put retenir le sarcasme dans sa voix.

« C'est gentil de votre part. Qui vous a envoyé? » Elle voulait qu'ils disent le nom de son père, qu'ils lui permettent de lui parler pour qu'il confirme qu'ils étaient avec lui. L'homme secoua la tête avec un sourire qui se voulait amicale. Il n'avait qu'une vingtaine d'années et ne semblait pas menaçant.

« Nous ne pouvons rien vous dire. »

« Encore des secrets. »

« Nous ne voulons pas prendre de risques. Il y a beaucoup d'oreilles posées sur vous. » Après le mystère dont s'entourait son père, et qui n'avait eu que de fâcheuses conséquences jusqu'à présent, après la disparition de Conrad et la trahison de Mevil, Livia en avait assez de ce pays.

Malgré les dangers qui semblaient la poursuivre, elle avait atteint la limite de sa compréhension et sentait le calme revenir. Elle se frotta les yeux. Elle devait faire une liste des personnes à qui elle devrait faire payer ce qu'elle subissait. Elle regarda l'homme à ses côtés. Tout cela si elle réussissait à sortir de ce pays en un seul morceau, intact.

« Vous semblez un peu jeune pour être dans l'industrie de l'enlèvement. »

« Ce n'était pas vraiment un enlèvement, vous êtes entrée

dans cette voiture de plein gré. » Livia croisa ses bras sur la poitrine, bien décidé à ne pas les laisser gagner.

« Êtes-vous avec Mevil? Le capitaine? Envoyé par mon père? Conrad? » L'homme secoua la tête.

« Vous posez trop de questions… »

« Et personne n'est foutu d'y répondre. » Il haussa un sourcil interrogatoire.

« Foutu? »

« Pourquoi vouliez-vous me parler? Qui êtes-vous? »

« Manolo. Nous voulions vous mettre en garde, mais c'était déjà trop tard. Votre compagnon était déjà disparu et les militaires étaient au courant de la situation. »

« Donc, vous n'êtes pas avec les miliaires? » Il se tourna vers l'avant, son regard fixé dans les ténèbres balayées par la lumière des phares de la voiture.

« Nous avons besoin de votre aide. » Livia sourit.

« Non, je n'aime pas les mystères. »

« Alors vous serez prisonnière. »

« Ça va dans le thème de l'enlèvement. Qu'est-ce que vous voulez? Une rançon? Je ne crois pas que mon gouvernement soit prêt à mettre un sou sur ma tête. »

« Je viens de vous le dire, nous avons besoin de votre aide. »

« Quel genre d'aide? »

« Vous le saurez bientôt. » Livia plissa des yeux, mécontente.

« Vos petites cachotteries, vous pouvez vous les mettre où je pense. » Elle tenta d'ouvrir la porte, sans résultat.

« Ne rendez pas les choses plus difficiles qu'elles ne le sont. Nous ne voulions pas vous enlever, mais nous n'avons pas eu le choix. Vous devriez vous reposer, rien ne vous arrivera. » Elle croisa les bras sur sa poitrine.

« Pas question. Je vous remercie de ne pas m'avoir laissé entre les mains des militaires, ils allaient me mettre la disparition de Conrad sur le dos, mais sans façon. »

« Lorsqu'ils se rendraient compte de la disparition de vos herbes, ils vous accuseraient de beaucoup plus que d'une simple complicité dans un enlèvement. » Livia se sentit pâlir. Il savait pour ses herbes, il en connaissait les dangers.

« Je ne vois pas de quoi vous parlez. »

« Vous changerez d'avis à notre arrivée. » Il fit un signe de main et l'homme à ses côtés qui sortit un bandeau. Livia le regarda faire, craintive. Elle s'interposa lorsqu'il voulut le poser sur ses yeux. « Je vous en prie, c'est autant pour votre sécurité que la nôtre. Nous ne voulons pas avoir à vous endormir. »

« Mais je ne vois rien de toute façon. »

« Une sécurité supplémentaire. » Elle le laissa lui passer le bandeau sur les yeux.

Chapitre 16

Malgré la sérénité qu'elle ressentait en leur présence, Livia ne s'était pas endormie pendant le trajet. L'odeur florale lui était familière et elle cherchait le nom de la fleur, sans y parvenir. Elle était certaine qu'elle était à l'origine de son calme.

Le camion s'était finalement immobilisé et le bandeau lui avait été retiré. Le soleil commençait à se pointer à l'horizon, baignant la jungle autour d'eux d'une lueur rosée. Manolo lui ouvrit la porte et l'invita à le suivre sur un sentier de gravier qui se changea en latte de bois à travers la jungle. Le sol était encore humide de la pluie de la nuit.

Manolo ne la touchait pas et elle tentait de calquer son pas sur le sien. Livia se rapprocha de lui, les bruits provenant de la jungle lui étaient inconnus et effrayants. Elle ne connaissait rien à la faune de la Nurésie et s'attendait à tout moment à voir un lion surgir devant elle ou pire, un serpent. N'étant plus enfermée dans un espace rempli de l'odeur calmante, ses nerfs recommençaient à crisper ses muscles, son souffle s'accélérait et la peur prenait progressivement possession de son corps.

Derrière elle, le passager de la voiture la suivait avec une machette à la main. À la lumière du soleil, elle pouvait voir les cicatrices qui traversaient son visage, et la brûlure le long de son bras gauche. Il ne souriait pas, le regard dur. Livia avala sa salive, prenant une note de ne pas se retrouver sur le chemin de cet homme. Il avait survécu à la guerre. Livia serra le sac contre elle.

L'aube laissa rapidement place au matin et la journée s'annonçait déjà chaude et humide. Livia avait de la difficulté à suivre le rythme de Manolo le long de la pente ascendante et boueuse et elle allait lui demander de prendre une pause lorsqu'au détour du sentier elle aperçut le village et les hommes et les femmes qui les regardaient arriver avec curiosité.

Livia passa sa main sur sa jupe pour enlever les plis imaginaires et rajusta sa queue de cheval. Elle regrettait ses cheveux longs, la sueur semblait prendre plaisir à s'accumuler sur sa nuque. Ils passèrent la palissade et Livia admira le spectacle du village.

Les maisons étaient composées de lattes de bambou lui rappelant vaguement les maisons de bois rond du Canada. Cependant, les lattes étaient suffisamment espacées pour laisser passer l'air et des pilotis de bois gardaient le plancher à quelques mètres au-dessus du sol boueux. Il y avait une vingtaine de maisons sur le flanc de la montagne.

Un sentier servait de rue principale et il descendait la montagne jusqu'à la rivière rugissante en contrebas qui produisait une brume en dessous du village. Le sommet de la montagne était couvert d'une forêt de palmier et des champs de maïs entouraient le village. L'atmosphère était paisible, calme et silencieuse. Une forte odeur vaguement familière qui mélangeait un parfum floral et épicé à celui humide de la jungle, lui parvint et elle sentit la tête lui tourner. Livia se tourna vers Manolo qui l'observait sans rien dire.

« Joli village. » Il s'approcha d'une petite hutte et l'invita à le précéder à l'intérieur. Avec hésitation, Livia obéit.

La pièce n'était meublée que d'un lit, d'un bureau et d'une armoire. Les planches du sol laissaient entrevoir la terre sous la chambre et les deux fenêtres étaient couvertes de moustiques et d'insectes qui s'étaient laissés emprisonner. Livia frissonna et se tourna vers Manolo.

« Et qu'est-ce qu'on fait maintenant? »

« Mettez-vous à l'aise. La salle de bain se trouve dans le bâtiment blanc en haut de la côte. Vous ne pourrez pas le manquer. On va vous apporter un repas. Je vais revenir plus tard. »

« Si vous m'expliquiez… »

« Pas maintenant. » Livia hocha la tête et il repartit.

Livia regarda autour d'elle. Il n'y avait rien pour l'occuper jusqu'à ce que quelqu'un se décide à se souvenir de sa présence. Elle était loin de son père, loin de son pays et elle ne savait plus qui était là pour l'aider et qui profitait de sa confusion.

Après quelques minutes, elle décida d'explorer ce campement et de peut-être trouver une façon de rejoindre une ville où elle pourrait appeler Rosalia et retourner au Canada. Il n'était pas question qu'elle moisisse plus longtemps dans ce pays.

Au moment où elle ouvrit la porte, une jeune fille d'une quinzaine d'années entra dans la chambre et posa un plateau contenant un pichet de café, une bouteille d'eau en verre, des oeufs et du riz, sur la table avant de s'éclipser avec un sourire timide. Lorsque Livia tenta d'ouvrir à nouveau la porte, celle-ci était verrouillée et les fenêtres étaient beaucoup trop étroites pour qu'elle pense passer par là.

Livia se servait une tasse de café lorsque la porte s'ouvrit à nouveau. Elle prit une gorgée avant de parler.

« Merci pour le café, mais maintenant on devrait... »

« Livia! » Elle se retourna en reconnaissant la voix de Conrad. Surprise et soulagée, elle posa la tasse de café sur le bureau et se précipita dans les bras de Conrad.

« Tu es toujours vivant! J'ai cru, après que tu te sois fait enlever et en voyant que la boite était disparue, que tu étais mort! Ne me fais plus jamais peur comme ça! » Conrad la serra dans ses bras avant de la laisser aller. « Qu'est-ce que tu fais ici? Est-ce que… »

« La même chose que toi, je suis prisonnier. » Il ferma la porte derrière lui. « Comment ça va? » Elle haussa les épaules.

« La routine. On me force à faire des choses que je ne veux pas. » Il se frotta les mains l'une contre l'autre, mais évita son regard.

« Je suis désolé d'être parti comme ça, sans explications, mais je n'avais pas le choix. » Livia sourit.

« Se faire enlever donne rarement le choix. Je commence à le savoir, ça fait deux fois. » Il se figea.

« Tu étais droguée, on ne t'a pas enlevé. Et je suis parti de mon plein gré de l'hôtel. J'ai eu peur en voyant les militaires dans le restaurant, surtout en en voyant un discuter avec Mevil. Je voulais t'avertir, mais j'allais être surpris. C'est moi qui t'ai frappé. J'ai été lâche. Je m'excuse. » Livia ferma les yeux et prit une profonde respiration avant de les rouvrir. Conrad recula d'un pas sous son regard.

« Est-ce que tu sais dans quel pétrin tu m'as mise? Si les autorités remettent la main sur moi, je suis bonne pour la prison. On m'accuse d'être complice dans ton enlèvement. J'espère que tu es content de toi! » Elle retourna vers la table et souleva sa tasse de café d'une main tremblante.

« Je jure que je ne savais pas que ce serait si pire que ça. Je sais ce qu'ils sont capables de faire à cause de Charles et de mon père. Je ne voulais pas être leur prochaine victime. »

« Tu croyais que c'était une bonne idée? Après que tu m'as convaincue de venir jusqu'en Nurésie? Tu ne voulais pas qu'on prenne le temps d'y réfléchir, il fallait partir tout de suite, maintenant, sans faire de préparatifs. » Elle déposa sa tasse brusquement et le café se répandit sur le repas.

« Tu as pris l'avion volontairement. Tu étais curieuse de savoir pourquoi ton père revenait dans ta vie, ne me dit pas le contraire. »

« Et ta disparition? Au lieu de me dire la vérité? » Il se tourna vers la sortie.

« Je croyais qu'on pourrait discuter tranquillement et qu'on trouverait un moyen de s'éloigner d'ici ensemble, mais je vois que ça n'en vaut pas la peine, tu es contente de te morfondre dans ton rôle de victime. C'est ça ton problème, tu aimes être la victime, tu aimes que les gens prennent les décisions pour toi… » Elle s'avança vers lui, la tête basse.

« Comment es-tu devenu prisonnier? » Il haussa les épaules à la voix adoucie de Livia.

« Est-ce que ça t'intéresse vraiment, ou tu ne fais ça que pour m'amadouer et que je t'aide? »

« Je veux savoir ce qui se passe, je veux savoir la vérité. » Il lui fit face.

« Je veux, je veux, je veux. C'est tout ce que tu trouves à dire. » Livia se laissa tomber sur la chaise, triste.

« Je m'excuse… »

« J'ai appelé mon père pour qu'il m'aide à sortir du pays. Son téléphone était probablement sur écoute parce que j'ai été cueilli comme un fruit mûr il y a quelques heures. »

« Ils t'ont permis de venir me parler? » Il secoua la tête en souriant.

« Une petite tactique de ma part. »

« Qu'est-ce que tu veux de moi? »

« Quoi? Parce que je veux t'aider à sortir d'ici et retrouver ton père? C'est à cause de moi que tu es ici maintenant, je peux bien faire un effort, c'est tout. »

« C'est tout? » Il ne répondit pas. « Et tu as un plan pour sortir d'ici? »

« Est-ce que tu dois être aussi bête avec moi? »

« Ce n'est pas mon intention d'être bête. J'en ai vraiment ras le bol de me sentir comme une balle de ping-pong. Je devrais être tranquillement en train de m'occuper de mon jardin. Je ne suis pas faite pour ce genre d'aventure, mon père aurait dû demander à quelqu'un d'autre de l'aider. » Il se dirigea vers la porte qu'il entrouvrit.

« Je suis là maintenant. D'après ce que Paolo m'a dit hier soir, les militaires seraient prêts à tout pour remettre la main sur ton père. »

« Je sais. » Il ouvrit la porte.

« On n'a pas beaucoup de temps. » Livia glissa la bouteille d'eau dans son sac sous le regard approbateur de Conrad.

« Quel est le plan? »

« J'ai utilisé la radio du camp pour communiquer avec des copains de Paolo. » Livia le rejoignit à l'extérieur.

« Comment as-tu fait? Elle devait être gardée, non? » Contrairement à son arrivée moins d'une heure auparavant, le campement était silencieux. Il n'y avait personne pour l'observer avec curiosité.

« Ne t'inquiète pas pour ça… » Il lui fit un clin d'oeil. « Souviens-toi qui est mon père. » Livia s'arrêta en fronçant les sourcils.

« Qu'est-ce que tu as utilisé? »

« De la valériane. »

« Ce n'est pas assez puissant… » Il se mit à rire et la poussa vers le sentier dans la jungle.

« Ça dépend de quelle variété on utilise. » Elle regarda autour d'eux. Il n'y avait personne et Conrad marchait comme s'il avait la certitude qu'il ne serait pas embêté.

« Tu as endormi tout le monde? Comment? »

« C'était l'heure du déjeuner pour tout le monde. »

« Pourquoi la valériane? »

« C'est tout ce que j'avais sous la main. » Elle s'arrêta de marcher, suspicieuse. Conrad la poussa, mais elle ne bougea pas.

« Où as-tu trouvé la valériane? » Il fronça les sourcils.

« Est-ce que c'est si important que ça? » Elle hocha lentement la tête. Il détourna le regard pour observer derrière lui. « On n'a pas le temps d'en discuter. On doit partir avant que tout le monde ne se réveille. »

« Où l'as-tu pris? » Cette fois-ci, il lui attrapa le bras et la tira derrière lui.

« Plus tard. »

« NON! » Elle se dégagea le bras et recula d'un pas. Il soupira et sortit la boite de ses poches.

« Tu es contente? » Tout en gardant son regard sur lui, elle ouvrit la boite. Il lui manquait un sachet. La valériane. Conrad voulut la lui reprendre, mais elle la garda fermement contre elle.

« Tu as versé le contenu dans quoi? »

« Ça n'a pas d'importance. Ils vont bientôt se réveiller et se rendre compte que nous ne sommes plus dans notre chambre. On doit partir avant. Les autres nous attendent. »

« Est-ce que tu sais à quel point cette plante est dangereuse? » Il se mit à rire.

« Je me doutais que tu n'étais pas aussi innocente que tu le laissais paraître. Tu as continué les recherches de ton père, mais malgré toutes les manipulations que tu aurais pu effectuer sur la valériane, elle ne pourra jamais être dangereuse. »

« Tu crois encore que mon père travaillait sur les plantes directement? » Elle secoua la tête. « C'est beaucoup plus compliqué. » Il se figea et la couleur quitta son visage.

« Tu veux dire que… »

« Que tu ne sais pas ce que mon père ou moi pouvons faire. Tu aurais pu tous les tuer. »

« Ils nous gardaient prisonniers! Nous devons aller aider ton père! Fais-moi confiance. » Elle hésita un moment avant de le suivre. Elle aurait voulu retourner dans le campement et s'assurer qu'il n'avait tué personne, mais les paroles de Conrad étaient plus fortes que sa volonté. Il lui prit le bras et la tira le long du sentier. En chemin, Livia sentit une vibration en provenance de son sac, mais l'ignora.

Ils débouchèrent sur le stationnement où se trouvait une dizaine de camions comme celui qui l'avait emmené jusqu'ici. Conrad s'arrêta et regarda à l'horizon.

« Ils ne devraient pas tarder. » Pendant que l'attention de Conrad était tournée vers le chemin, Livia plongea sa main dans son sac. Elle trouva aussitôt le téléphone cellulaire que Mevil lui avait confié en arrivant dans la capitale et qui était disparu lorsqu'elle avait été droguée. Il l'y avait probablement glissé après l'attaque à l'hôtel.

Rosalia avait tenté de la rejoindre et lui avait laissé un message texte. Elle lut le message, et recula vers le sentier. Conrad se tourna vers elle et fronça les sourcils en voyant le téléphone dans sa main.

« Je ne pars pas avec toi. Je vais prendre ma chance avec eux. » Elle tourna les talons vers le campement. Le message ne pouvait pas être plus clair. *Guy et Conrad ont été tués il y a trois jours*.

Chapitre 17

Elle ne pouvait croire qu'elle avait été assez dupe pour croire à tous les mensonges que le faux Conrad lui avait dit depuis leur rencontre, qu'elle ait été assez naïve pour espérer que son ami ne l'avait pas abandonnée après la disparition de son père. Idiote de ne pas avoir vu qu'il ne pouvait pas être Conrad. Elle se mit à courir en entendant ses pas s'accélérer derrière elle.

« Il n'en est pas question! » Elle s'écroula sous son poids et la boite s'échappa de ses mains. Livia s'agenouilla, tenta de la rattraper, mais Conrad l'avait déjà dans ses mains et pointait une arme sur elle. Elle se figea sur place. « Tu vas venir avec moi et on va oublier cet incident. » Elle plissa les yeux, mais ne bougea pas. Elle avait peur qu'il échappe les sachets et que le contenu de ceux-ci se retrouve dispersé sur le sol, avec de fâcheuses conséquences pour l'environnement.

« Redonne-moi cette boîte! Tu as tué Conrad! » Il ne broncha pas à l'attaque et elle ne pouvait détourner le regard de l'arme à quelques centimètres de son visage.

« Il y en a qui ne savent vraiment pas se tenir la langue. Ne me force pas à tirer sur toi, je commençais à te trouver sympathique. Lève-toi! » Livia resta à genoux dans la terre, hypnotisée par la bouche du canon.

« Pour qui travailles-tu? »

« Tu vas le savoir assez tôt. Lève-toi! » Elle lui obéit lentement, espérant que les résidents du campement se réveilleraient bientôt de leur sommeil et viendraient la sortir de ce faux pas. Même si elle était leur prisonnière, ils n'avaient pas encore tenté de l'assassiner. Conrad lui pointa le chemin vers le stationnement et la laissa passer avant de la suivre avec la boite dans les mains.

« Tu pourrais me redonner la boite, la placer dans mon sac. Comme ça, il n'y aurait pas d'accident et je ne peux aller nulle part avec ton arme pointée sur moi. »

« N'essaie pas de jouer avec moi. Je garde la boite et tout son contenu. Ça pourra nous être utile. »

« Utile à quoi? » Ils étaient de retour au stationnement. Elle jeta un coup d'oeil vers Conrad derrière elle, mais il gardait toute son attention sur elle. « Est-ce qu'on emprunte un des camions ou on marche jusqu'à la ville la plus proche? »

« Tais-toi. »

« À quoi ça va vous servir d'avoir ma boite? » Il ne répondit pas. Livia ralentit et sentit le canon entre ses omoplates. Convaincue, elle accéléra le pas. Ils dépassèrent le stationnement, mais il continua de la pousser le long du chemin de terre. « Tu as l'intention de traverser la jungle à pied, ou tes petits copains se sont stationnés plus loin? »

« Paolo ne devrait pas tarder. » Livia se retourna brusquement vers lui. Elle retint son souffle en voyant à nouveau le fusil pointé sur elle et le regard décidé de Conrad. Elle ne voulait pas mourir et elle se mit à trembler.

« Paolo? Mais il a été attaqué et c'est lui qui a averti les militaires. »

« Il ne faut pas croire tout ce qu'on voit. »

« Où est la boite que mon père a donnée à Guy? » Une lueur de rage passa dans le regard de Conrad.

« Le fou l'a détruite avant que j'aie pu la récupérer. J'ai dû l'éliminer. » Elle sentit les larmes monter à ses yeux. Il était mort pour protéger son père.

« Et pourquoi ne pas avoir fait la même chose avec moi? » Elle se mordit la lèvre. Ce n'était peut-être pas la meilleure question à lui poser dans ces circonstances.

« À l'exception de ton père, tu es la seule personne qui peut l'ouvrir. »

« Ce n'est qu'une boite de bois, vous n'avez pas pensé à vous essayer quand même? Je sais pas moi, rayon x, infrarouge, cryptographie, marteau… »

« Très très drôle. On ne veut pas risquer de la briser, pas comme Guy. Mais grâce à toi, on va pouvoir regarder ce qu'il y a dedans. » Livia se mit à rire.

« Et s'il n'y a rien? Ça ne doit pas être si difficile que ça de l'ouvrir, c'est une boite de bois. » Ils s'arrêtèrent hors de la vue du stationnement et il lui pointa le bord de la route.

« On n'est jamais trop prudent. À genoux. » Livia s'agenouilla dans la boue, tentant de comprendre ce qu'il venait de lui avouer.

« Est-ce que tu as la moindre idée de ce qu'il pourrait y avoir dans cette boite? Je t'ai déjà dit que je ne savais pas comment l'ouvrir. » Il haussa les épaules en gardant son fusil pointé sur elle, et les yeux sur la route. Livia ne savait plus si elle pouvait espérer être secourue.

« Je ne m'occupe pas de ce qu'il y a à l'intérieur, mon rôle était de t'emmener dans ce pays et de récupérer ton père et la boite. Tu étais un appât. »

« C'est gentil. Qu'est-ce qui a foiré dans ton plan? » Ses yeux se tournèrent sur elle. Elle sursauta à la cruauté qu'elle pouvait maintenant y lire. Il n'avait plus à lui cacher ses sentiments.

« Ton Mevil. Je t'avais dit de te tenir loin de lui, ça aurait été moins compliqué. »

« Tu m'as droguée? » Il sourit.

« Tu n'es pas si idiote que tu en as l'air. »

« Pourquoi? Mevil savait où nous allions. »

« Ce n'était pas vraiment pour cela. » Livia ouvrit la bouche pour poser une nouvelle question, mais le fusil se rapprocha de sa tête. « Est-ce que tu pourrais te taire un moment? » Elle obéit au ton sec de Conrad. Il n'y avait toujours pas de mouvement autour d'eux. Si elle restait silencieuse, il finirait peut-être par oublier son existence. Elle attendit.

Les doigts de Conrad sur le fusil se détendirent et la couleur retourna dans ses jointures. Livia se déplaça lentement pour s'éloigner de lui, mais son attention retourna vers elle.

« Ne bouge pas! » Livia se figea. Elle n'avait aucune chance de s'échapper avec un fusil pointé sur elle. Elle ne voulait pas de fusil pointé sur elle. Elle ne voulait pas de fusil dans son champ de vision.

Conrad se tourna en entendant un bruit à sa droite, en provenance de la forêt. Livia en profita pour se jeter sur ses genoux. Surpris, Conrad tomba à la renverse, échappa la boite qui s'ouvrit en frappant un arbre à côté de lui. Les couleurs quittèrent le visage de Livia. Elle ne pouvait laisser aucun sachet dans les bois.

Elle frappa la main qui tenait le fusil et Conrad laissa échapper un juron. Elle tomba à genoux et tenta de récupérer les sachets. Il se retourna, lui attrapa la cheville et la tira vers lui au moment où elle avait à nouveau sa boite en main.

Elle lui fit face et le frappa, en visant sa mâchoire de sa jambe libre. Elle sentit quelque chose de dur au bout de son pied et un craquement se fit entendre. Elle hésita un moment, incertaine si l'os cassé était dans son pied ou la mâchoire de Conrad, avant de continuer de frapper en ne sentant pas de douleur.

Il la lâcha et elle se remit à la recherche de ses sachets. Elle gardait un compte mental, elle ne devait pas en perdre un seul. Les graines que certains sachets contenaient n'étaient que dormantes et leur présence dans un environnement incontrôlé pourrait détruire la flore locale. Si ses herbes touchaient les cours d'eau, elles ne se dilueraient pas assez rapidement pour ne pas empoisonner la population.

Elle avait presque terminé de récolter les sachets lorsque Conrad lui attrapa à nouveau la jambe et la tira brusquement vers lui. Elle se tourna pour le frapper à nouveau et hésita en voyant le sang couler le long de sa mâchoire.

Son inattention fut suffisante pour que Conrad se relève et pointe sur elle le fusil qu'il avait récupéré. Elle ne bougea pas, mais son regard allait de gauche à droite, cherchant une arme pour se défendre.

« Ne bouge pas ou je tire. » Il n'attendit pas sa réponse et tira. Livia cria au son si proche de son oreille, se recroquevilla instinctivement sur elle-même et sentit la balle effleurer son bras. Elle se leva d'un bond.

« Mais t'es malade! Pourquoi est-ce que tu m'as tirée dessus? » Elle ne pouvait croire qu'il ait osé tirer sur elle. Conrad semblait surpris de sa réaction.

« Pour que tu réalises que tout cela n'est pas un jeu. » Au même moment, elle entendit le moteur d'un camion approcher de la direction opposée au stationnement et au campement. Ce n'étaient pas les renforts qu'elle avait espérés et elle leva les bras dans les airs.

« Laisse-moi au moins ramasser la boite et les sachets! »

« Ils vont s'en occuper. » Il passa sa main le long de ses lèvres et observa le liquide rouge sur ses doigts. « C'est triste que je ne puisse pas m'occuper de toi immédiatement. » Il lui montra le sang. « Tu ne perds rien à attendre. » Livia baissa la tête vers la boite et les sachets qui gisaient sur le sol.

Elle la releva en entendant un coup de feu. Conrad se tourna et tira en direction du campement. Livia se laissa tomber au sol. Il y avait maintenant plus d'un camion qui venait dans leur direction. Elle ferma les yeux en espérant que tout serait terminé en peu de temps. Conrad s'agenouilla à côté d'elle en continuant de tirer.

Le bruit était infernal. Des coups de feu se firent entendre en provenance des camions.

« Ramasse la boite! » En lançant l'ordre, Conrad se concentrait sur la route. Livia ne se le fit pas répéter et plaça les derniers sachets dans la boite qu'elle glissa dans son sac. Elle avait à nouveau ses herbes et le coffre de son père. Conrad tourna la tête vers elle lorsqu'il sentit qu'elle avait terminé et la força à se lever. Elle tenta de résister, de voir ce qui se passait sur la route, mais il la poussa vers un camion qui venait de s'arrêter à côté d'eux. « Embarque! » Elle n'eut pas le temps d'argumenter. Un homme ouvrit la porte et la tira à l'intérieur. Elle se débattit, mais Conrad la poussa à son tour dans la cabine.

Par-dessus le dossier du siège avant, elle aperçut l'homme Manolo et l'homme à la cicatrice s'approcher d'eux, à pied. Ils n'avaient aucune chance contre les hommes armés de Conrad. Celui-ci enleva le magazine de son fusil. La porte du camion n'était pas encore fermée et le chauffeur fit demi-tour et s'éloignait du campement.

Sans réfléchir, Livia déséquilibra Conrad qui tomba à l'extérieur du camion. L'homme à côté d'elle tenta de la retenir, mais elle le frappa de son sac alourdi par la bouteille de verre. Il saisit le sac d'une main, et l'autre main allait attraper son bras, mais Livia plongea sa main dans son sac, agrippa les deux boites et sauta par la porte ouverte.

Le camion roulait à une bonne vitesse et Livia frappa le sol avec dureté. Étourdie, elle ne bougea pas un moment. Elle entendit le camion freiner et Conrad s'approchait d'elle avec une lueur de rage dans les yeux, l'arme à nouveau dirigée sur elle. Elle se leva et se mit à courir vers le campement.

Elle était une cible facile pour ses poursuivants, elle courrait en ligne droite en suivant le chemin. Elle sentait les balles frôler ses pieds, des nuages de poussière se soulevaient trop près d'elle. Il la voulait vivante. Elle continuait de courir.

Elle entendit le camion approcher derrière elle. Elle réfléchit à la possibilité de se lancer dans la jungle, mais celle-ci était si dense qu'il lui serait impossible de progresser rapidement.

Un mouvement dans la jungle attira son attention et elle se retrouva face à face avec Mevil qui, sans dire un mot, la tira contre lui et l'entraîna à quelques mètres à l'abri dans la végétation. Il la plaqua au sol, utilisant son propre corps comme d'un bouclier. Autour d'eux, d'autres hommes et femmes tiraient vers le camion.

Elle tenta de se concentrer sur la terre humide sur laquelle son visage reposait. Elle regarda les fourmis transporter des feuilles plus grosses qu'elles-mêmes, en rang parfait, ignorantes de ce qui se passait autour d'elles.

Du coin de l'oeil, elle voyait l'arme que Mevil tenait à sa main, mais il ne l'utilisait pas. Il donnait des ordres muets à ses hommes. Elle plaqua ses mains sur ses oreilles et ferma les yeux lorsqu'une grenade fut lancée sous le camion.

Une fraction de seconde de silence suivit l'explosion, mais fut rapidement brisée par d'autres ordres criés autour d'elle, sans qu'elle ne puisse comprendre quoi que ce soit. Elle avait froid, elle ne pouvait plus bouger et ce n'était pas dû à la présence de Mevil sur elle. Il n'y avait plus de coups de feu.

Finalement, elle sentit Mevil bouger, se relever et il s'agenouilla à côté d'elle.

« Est-ce que ça va? » Elle n'osait pas bouger, elle avait peur qu'un autre problème ne surgisse. Elle sentait l'humidité fraiche du sol percer ses vêtements. Elle attendit quelques minutes avant de répondre, tentant d'insuffler un peu de calme dans sa voix.

« Beau feu d'artifice. C'est fini? » Elle l'entendit rire doucement.

« Pour vous? Oui. » Elle s'assit lentement.

« Terminé? » Il hocha la tête. Elle regarda vers la route. Les hommes de Mevil tenaient ceux de Conrad au centre de la route, assis, les mains déjà attachées derrière leur dos. Elle croisa le regard de celui qu'elle avait cru être son ami d'enfance. Elle pouvait y lire tout le mépris qu'il ressentait envers elle, elle détourna le regard.

« Où est Paolo? »

« Il n'était pas là. Ne vous en faites pas, nous allons le retrouver. » Livia tourna la tête vers Mevil toujours agenouillé à côté d'elle.

« Qu'est-ce que tu fais ici? » Mevil haussa les épaules.

« Vous deviez bien vous douter que j'avais ma part dans cette histoire? »

« Il a essayé de me tuer. » Mevil hocha la tête et la força à le regarder.

« Ce n'est pas Conrad. Nous ne l'avons appris qu'il y a quelques minutes. Rosalia est allée faire un tour chez Guy, malgré mes objections. Elle avait raison, quelque chose était louche. »

« J'ai reçu le message juste à temps. Je l'aurais suivi. » Mevil lui tendit la main pour l'aider à se lever. Une fois debout, il fronça les sourcils et lui attrapa le bras.

« On doit s'occuper de cela le plus tôt possible. » Livia regarda la blessure de laquelle le sang coulait lentement. Elle ne ressentait aucune douleur malgré la terre qui s'y était incrustée en sautant du camion.

« Ça va aller. » Il allait lui prendre les boites qu'elle tenait toujours entre les mains, mais ses doigts ne lâchèrent pas prise. Il ne tenta pas de les lui prendre de force.

« Est-ce que je dois vous attacher, cette fois, ou vous allez finalement nous faire confiance? » Elle ne répondit pas. Il prit son silence pour un aveu et claqua des doigts. Un autre homme apparut à leurs côtés et lui tendit des menottes. Livia fit un pas de recul.

« Vous n'avez pas à faire cela. » Mevil ne fit pas un geste pour la retenir. Livia gardait ses yeux sur les menottes qui pendaient de la main de l'homme.

« Vous avez tenté de vous enfuir. Vos tentatives de nous échapper commencent à épuiser notre patience. Vous auriez pu dévoiler la position de notre campement. »

« Ce n'est pas moi. »

« Vos mains. » Livia recula à nouveau en serrant les boites contre elle. L'homme à côté de Mevil fit un pas en sa direction, mais Mevil l'arrêta. « Vous ne me rendez pas les choses faciles. Vous et Conrad avez causé beaucoup de problèmes pour nous. N'empirez pas la situation. »

« C'est Conrad qui a empoisonné tout le monde. Est-ce que vous allez me garder prisonnière comme lui? Jusqu'à ce que vous obteniez les informations que vous voulez de moi? » La main de Mevil retomba. Son compagnon, plus nerveux, porta une main à son arme. Livia tenta de ne pas en faire de cas, mais elle avait vu trop de fusils dans une journée. Elle avait besoin d'une nuit de sommeil. Dans son lit. Chez elle.

« Il n'était pas notre prisonnier. » Livia ne l'écouta pas.

« Est-ce que tout le monde est correct? Je ne savais pas que c'était lui qui avait volé mes herbes et ce qu'il allait en faire. » Mevil leva les mains devant lui dans un mouvement qui se voulait apaisant, mais le cliquetis des menottes la ramena à la réalité et elle fit un autre pas vers l'arrière.

« Je n'ai pas l'intention de fuir. Je veux juste retrouver mon père. Conrad a tué Guy à cause de cette stupide boite… » Il n'y avait aucune panique, aucune peur dans sa voix. Seulement de la lassitude. Elle baissa la tête vers les deux boites.

Il y avait celle contenant ses herbes qui venaient d'empoisonner plusieurs personnes. Elle devait trouver un autre moyen de traîner ses sachets avec elle, la boite de carton n'était plus très pratique. Elle avait pris l'humidité et menaçait de se désintégrer.

Il y avait celle de son père qui ne lui donnait pas plus de réponses qu'à sa réception. Frustrée, elle lança la boite de son père contre le tronc d'arbre le plus près d'elle. L'homme se pencha pour la ramasser et il passa son doigt sur la marque qu'elle avait fait sur l'arbre, comme pour s'assurer de la force qu'elle avait utilisée. Mevil ignora son humeur et se remit à parler.

« On ne peut pas prendre aucun risque, pas tant qu'on ne sait pas comment il vous a retrouvé. »

« Il n'était pas votre prisonnier? Mais, il m'a dit que… » Livia s'arrêta dans sa phrase. Il secoua la tête.

« Il a réussi à vous retrouver. Il a probablement glissé un mouchard dans vos effets personnels, et peut-être même sur votre personne. » Elle ne pouvait pas croire à quoi que ce soit que Conrad lui avait dit jusqu'à présent. L'homme fit un pas vers l'avant et par réflexe, Livia recula également.

Elle buta contre un tronc d'arbre et se retrouva à admirer la couverture végétale au-dessus de sa tête. Mevil et son compagnon se précipitèrent vers elle et l'aidèrent à se remettre sur pied. Elle grimaça lorsque Mevil toucha à son bras, mais ne dit rien. Elle voulait pleurer, même si elle avait conscience d'agir en idiote et ce, depuis son arrivée dans le pays. Une fois debout, elle tenta de lisser sa jupe pour se redonner contenance, mais les feuilles et la terre s'y étaient étampées pour de bon.

« Lorsque les premières personnes se sont écroulées au repas, nous avons tout de suite su qu'il y avait du poison dans la nourriture. Nous sommes au courant de certaines expériences de votre père, et les événements dans le village près de Kiralis sont très frais à notre mémoire, alors on se méfiait qu'un tel événement pouvait se produire. Conrad n'est pas resté pour vérifier que tout le monde avait été affecté et nous avons joué le jeu. »

« Comment vont-ils? »

« Rien qu'un stimulant ne pouvait pas combattre. Ça venait de votre boite? » Livia se figea à l'accusation, avant de se détendre et de hocher la tête. Elle n'avait plus rien à perdre. Cette fois-ci, elle était réellement complice d'un crime.

« Je n'y étais pour rien. » Mevil lui fit signe de regarder autour d'elle.

« Nous devrions discuter de tout cela ailleurs. » Elle secoua la tête.

« Laissez-moi partir. Laissez-moi retourner au Canada. »

« Ce n'est ni l'endroit, ni le moment. » Elle hocha la tête. Mevil fit un signe vers l'homme qui s'éloigna vers les autres. Mevil s'approcha de Livia. Elle sentait ses nerfs à fleur de peau, prêts à craquer. Les pas de Mevil sur les feuilles tonnaient. Il se pencha à son oreille et murmura. « Lorsque viendra le temps, rejoins-moi à Kiralis, avec la boite. Quelqu'un va t'y attendre. » Il posa ses mains sur ses épaules et l'obligea à le regarder droit dans les yeux. Livia était trop surprise pour s'y opposer. Son regard était doux, sérieux et elle sentit la chaleur regagner son corps. « Je travaille pour votre père. » Elle tenta de secouer la tête, elle refusait de le croire.

« Pourquoi ne pas me l'avoir dit plus tôt? » Il lui prit le bras et l'entraîna vers le chemin où des gens s'occupaient de ceux qui avaient été blessés.

« Il est paranoïaque, il sait qu'il est recherché activement et il ne pouvait risquer que vous en sachiez trop avant d'en apprendre plus sur votre escorte. Votre père n'était pas très heureux de savoir que Guy ne vous accompagnait pas. »

« Il faut partir d'ici... » Mevil sourit.

« À l'exception de votre tentative de nous faire faux bond, et l'empoisonnement, nous avions prévu que Conrad nous retrouverait. Nous comptions là-dessus. Malheureusement pour lui, nous avons réussi à empêcher que la localisation de ce village ne soit dévoilée à toute son organisation. Venez, nous devons soigner votre bras. »

Chapitre 18

Mevil la conduisit vers une hutte qui ne se différenciait des autres dans le village que par sa grandeur. Malgré l'apparence extérieure, l'intérieur abritait une clinique aux murs et planchers de métal peint, facile à nettoyer et à garder stérile.

En plus de tout l'équipement nécessaire aux soins de tous les jours et aux chirurgies d'urgence, la pièce comportait quelques tables et appareils servant à des analyses plus poussées sur les échantillons qu'un docteur pourrait prélever chez un patient.

Il n'y avait qu'une personne à l'intérieur de la clinique, un homme aux cheveux gris, aux doux yeux bleus, souffrant d'un léger embonpoint et un sourire qui faisait apparaître une fossette sur sa joue gauche. Il les accueillit en souriant.

« Larry Thomas est notre médecin et il travaille également à découvrir ce qui a causé les morts dans le village de Bog Nal. » Le sourire de Larry disparut en voyant le sang couler du bras de Livia. Il lui indiqua une chaise et entreprit de nettoyer et panser la blessure.

« Larry, mademoiselle Livia pourra nous aider. Elle est la fille de Charles. » Il s'arrêta un moment, le sourire revenu éclairer son visage.

« La fille de Charles! J'imagine que vous avez hérité de son intelligence et de sa passion? » Mevil rit.

« Elle a surtout hérité de son tempérament irréfléchi. » Le rire de Larry était franc et il plut immédiatement à Livia. « Elle a également beaucoup de connaissances en botanique. » Larry hocha la tête.

« Vous savez donc que ce sont les recherches de votre père qui ont causé les morts? »

« Non, je croyais que vous tentiez de le disculper! » Livia se sentait à nouveau trahie par Mevil, mais celui-ci lui fit un sourire qui la rassura.

« Il a été forcé. Il est en ce moment en sécurité pour trouver l'antidote à sa propre toxine. Le capitaine est la seule autre personne qui sait ma véritable mission. » Il se tourna vers le docteur qui terminait le bandage. « Comment est-ce que ça avance? » Le sourire s'effaça du visage du docteur.

« Pas très bien. Tous les échantillons se détruisent au contact de ce qu'on a récupéré de la toxine. Elle n'est pas complète. » Livia fronça les sourcils.

« Pourquoi ne pas demander à mon père, si vous savez où il est caché? »

« Ce n'est pas si simple. Votre père s'est enfui en détruisant tous les échantillons et toutes ses notes, mais son assistant en avait fait une copie et d'autres scientifiques ont continué le projet. Il n'a rien à nous offrir, et dans l'état où il est, il ne peut plus rien faire » Mevil tenta de le faire taire, mais le docteur ne s'en rendit compte que trop tard. « Elle n'est pas au courant? »

« Au courant de quoi? » Mevil soupira.

« Nous en reparlerons plus tard. »

« Au courant de quoi? » Mevil l'ignora.

« Est-ce que vous pouvez lui montrer les dossiers? »

« Et le corps? » Il hocha la tête et pointa la jeune fille qui grimaçait à son manque de coopération.

« Charles croit qu'elle peut nous aider. »

« Vous aidez à quoi? » Il se tourna finalement vers elle.

« À trouver la solution. » Il regarda le docteur. « Montrez-lui. » Le docteur hésita.

« Je ne crois pas que ce soit une bonne idée. »

« Ce n'est pas la mienne, c'est celle de son père. Il croit que ça pourra l'aider à comprendre. » Après un moment d'hésitation, le docteur invita Livia à le suivre vers une porte située de l'autre côté de la clinique.

« J'espère que vous avez bien digéré votre déjeuner. » Il ouvrit la porte et l'air glacial la frappa au visage. À l'intérieur, un corps d'ébène était posé sur une table de métal. Livia se détourna avec un haut-le-corps.

« J'en ai assez vu. »

« Concentrez-vous. Vous ne trouvez rien d'étrange? » Livia n'osait ouvrir les yeux. Elle renifla. Il y avait un parfum floral, épicé, entre la cannelle et la rose.

« L'odeur. Je la reconnais. » Il hocha la tête.

« Manolo a utilisé cette odeur sur vous lorsqu'on vous a transféré de voiture. » Il leva la main pour l'empêcher de riposter. « Pas l'odeur directement, mais un mélange fait par votre père pour calmer les gens, leur permettre d'être plus docile. » Livia fronça les sourcils.

« Qu'est-ce qui s'est passé? Vous en avez échappé une cargaison sur lui? C'est beaucoup plus fort que dans le camion. »

« Lorsqu'on a visité le village, c'est la première chose qui nous a frappés. Tout y dégage cette odeur. » Le docteur referma la porte et Livia retourna s'asseoir comme une automate. « J'espère que ça peut vous être utile. »

Larry sortit un dossier contenant une série de photographies.

« Il n'y a eu qu'un seul survivant, et vous venez de le rencontrer. On l'a emmené ici pour tenter d'en savoir plus. Malheureusement, il est mort peu de temps après. »

« Je veux parler à mon père. » Mevil semblait mal à l'aise.

« Il est très occupé pour l'instant. » Larry lui montra une photographie. Livia détourna le regard, mais l'image s'était figée dans son esprit. Des bancs d'école et les corps noircis d'une trentaine d'enfants, affaissés sur leur bureau, un crayon encore dans la main.

« Un marchand devait se rendre dans le village. C'est lui qui a découvert le carnage. Plusieurs femmes sont mortes en faisant la lessive dans la rivière. Les hommes sont morts en chemin vers les champs. Les enfants, à l'école. » Livia avala péniblement.

« Vous avez découvert la toxine? »

« Nous avons gardé le corps du survivant. Les autorités ne savent rien de son existence. On a laissé les autres en place pour les amuser. »

« Il y en a combien? » Livia était sur le point d'être malade. Il parlait des morts comme s'il s'agissait de jouets.

« Il y en a plus de trois cents. La plupart étaient sur le bord de la rivière, et les cadavres sont actuellement ramassés à la pelle. Grâce à l'homme qui a survécu initialement et ceux qui ont été découverts dans les maisons, à l'abri de la pluie, on a découvert le processus de décomposition depuis leur empoisonnement. »

« Vous voulez dire depuis leur mort. »

« Depuis leur empoisonnement. » Livia regarda le docteur pour s'assurer qu'il était sérieux. « D'après ce qu'on a pu tirer du survivant, en quelques heures, tous les gens du village qui s'étaient approchés de la rivière ont été pris par des convulsions et ils sont tombés au sol. Aussitôt, leur peau s'est mise à brûler de l'intérieur. Nul besoin de vous dire à quel point cela a pu être douloureux. Le survivant ne s'est pas approché de la rivière, mais sa femme venait de lui donner un vêtement fraîchement lavé. Il n'a rien pu faire pour aider les autres. Il a dû les regarder et les écouter souffrir, sachant qu'il était la prochaine victime. Chose étrange, il dit que toutes les victimes semblaient autrement calmes. Tout cela nous laisse à penser que ce n'est pas contagieux et qu'il s'agit d'un empoisonnement par la rivière. »

Livia ouvrit la bouche, horrifiée. Son père ne pouvait avoir créé un tel poison. Il n'avait pu ignorer la douleur et les conséquences de la toxine. La porte s'ouvrit, mais Livia ne put se convaincre de faire face à qui que ce soit après avoir su ce que son père faisait.

« Pourquoi mon père? » Le docteur ne put répondre. La voix du capitaine résonna dans la pièce.

« Avec ses recherches, votre père était le candidat idéal pour créer le poison. » Mevil remarqua l'inquiétude sur son visage.

« Tout va bien? » Livia secoua la tête et se tourna lui.

« Qu'est-ce qu'il fait ici? » Il soupira.

« Le capitaine Edwards est de notre côté. » Livia se pencha vers Mevil, pour empêcher le capitaine de l'entendre.

« C'est un militaire. »

« Il est ici pour protéger votre père et ses recherches. Cela vous inclut, ainsi que la boîte. » Le capitaine sourit, mais Livia n'était pas encore convaincue. « Capitaine, tâchez de ne pas être trop déplaisant. » Mevil sortit de la clinique, son téléphone sur l'oreille.

« Avez-vous découvert comment ouvrir la boite? » Livia ne répondit pas. Le capitaine haussa les épaules. « Si cela vous amuse. » Il laissa tomber sur la table une enveloppe semblable à celle qu'il avait remise à Mevil dans le restaurant. Livia ferma les yeux.

« Pourquoi est-ce que mon père a accepté de collaborer? »

« Il n'a pas eu le choix. Vous et votre mère étiez des otages. »
Livia se frotta le front. Un mal de tête la menaçait.

« Il s'est fait passer pour mort… »

« Il s'est échappé. On n'a su que tout dernièrement qu'il n'était
pas mort. Seules quelques personnes étaient au courant, dont la
famille de Mevil. » Une rage contenue teintait ses propos. Livia
se tourna vers la porte ouverte. Mevil parlait avec Manolo. Il
semblait soucieux.

« Mevil? »

« Il s'agissait des seules personnes en qui Charles pouvait
avoir confiance. Une partie de l'armée du pays est sous le
contrôle de l'homme derrière son enlèvement et ferait tout pour
le retrouver. Charles ne pouvait sortir du pays. » Le capitaine
tira une chaise devant elle, s'assied et croisa ses mains derrière
sa tête rasée. « Votre père les a aidés lors de la guerre civile.
Malheureusement, malgré sa bonne volonté, d'autres personnes
ont été capables de prendre la relève et de fabriquer une toxine
encore plus puissante qu'il ne l'aurait cru faisable. Votre père a
tenté de trouver un antidote, sans succès. »

« Qui pourrait faire une telle chose? »

« On ne sait pas son nom, mais on sait qu'il est derrière toutes
les attaques pour libérer Juan Verano, un homme qui a commis
plusieurs crimes durant la guerre. »

« Celui qui doit comparaître bientôt? » Le capitaine hocha la
tête.

« Il est son lieutenant. »

« Et cet homme, c'est lui qui aurait tué toutes ses personnes?
Pour libérer Juan? Et les bombes? »

« C'est plus compliqué que cela. On croit que ce village n'était
qu'un test pour la toxine. » Livia se redressa, les yeux ronds.

« Vous appelez cela un test? 300 personnes? Comment est-ce
qu'il peut croire que personne ne s'en rendrait compte? »

« Pour cet homme, ces 300 personnes ne comptent pour rien.
Des rats de laboratoire. La Nurésie vient tout juste de sortir
d'une guerre qui a fait plusieurs dizaines de milliers de morts,
300 morts de plus vont passer inaperçus aux yeux du monde.
Votre père nous a fourni des informations sur les premiers tests.

C'est ce qui l'a convaincu que rester avec eux n'en valait pas la peine. Il est mort pour vous protéger des représailles. Mais vous aviez raison pour votre père, il ne pouvait pas rester assis à ne rien faire. Pour trouver un antidote, il a dû continuer de travailler sur la toxine pour être en avance sur son ancien patron. »

« Et il a échoué. Où est-ce que j'entre dans le tableau? »

« L'objet que votre père vous a confié. Nous voulons ce qu'il contient. » Livia croisa les bras sur sa poitrine.

« Pourquoi? Je croyais que vous étiez du côté de mon père. Pourquoi ne pas le lui demander? » Il leva les yeux vers elle.

« Nous ne savions pas qu'il était vivant avant le mois dernier, mais votre père refuse de nous voir. Nous ne savons pas où il est, nous devons passer par Mevil pour le contacter. » Elle ouvrit la bouche pour poser à nouveau sa question, mais il l'interrompit. « Nous ne savons pas pourquoi, il ne veut rien dire. Nous avons été très surpris de voir sa fille débarquer dans le pays. »

« Il ne vous avait rien dit? »

« Il ne croyait pas que vous trouveriez la solution aussi rapidement. » Livia haussa un sourcil.

« La solution? La solution à quoi? » Livia pouvait lire l'incrédulité dans son regard.

« Nous avions cru que vous pourriez nous le dire et nous aider à arrêter le coupable. » Mevil entra dans la clinique avant qu'elle n'ait pu répondre.

« Guy l'a convaincue de venir en Nurésie avant de trouver la solution. Vous avez terminé avec elle? » Le capitaine hocha la tête. « Vous avez les papiers? » Le capitaine lui lança l'enveloppe. Mevil jeta un coup d'oeil à l'intérieur de l'enveloppe et hocha la tête.

« Qu'est-ce que c'est? » Mevil la lui tendit. À l'intérieur, un passeport avec sa photographie et un nouveau nom. « Une nouvelle identité? Pourquoi? »

« Pour vous protéger et protéger votre père. » Livia se mit à rire.

« Vous avez vu ma peau? La couleur de mes yeux? » Elle étendit ses bras pâles devant elle. « Avec tous les regards que j'ai subis depuis mon arrivée dans le pays, je ne suis pas certaine que la moitié du pays ne sait pas mon nom. Ça va être difficile de me faire passer pour quelqu'un d'autre. » Elle regarda le nom sur le passeport et fronça les sourcils. « Livia Isabelle. Vous saviez depuis le début. »

« C'est sous ce nom que votre père m'a demandé de vous enregistrer à l'hôtel. J'ai été agréablement surpris de voir que ni Paolo, ni Conrad ne le connaissaient. » Le capitaine se tourna vers elle.

« Vous êtes encore recherchée pour la disparition de Conrad. Paolo a tout fait pour s'assurer que vous étiez la coupable désignée et je ne peux rien faire pour empêcher les autres militaires et policiers de vous arrêter à vue. Je suis un étranger avec une autorité limitée, et vous êtes recherchée par tout le monde. »

« Mais Conrad, qui n'est pas Conrad, n'a pas disparu. Il a … » Livia fut interrompue par le froncement de sourcil du militaire. Elle ne voulait pas prendre la chance de se faire arrêter par lui, pas maintenant.

« Paolo n'est pas encore au courant que nous savons qu'il nous a trahis. Il faut garder les apparences, et pour l'instant vous avez été enlevée, Conrad est venu pour vous délivrer et Manolo a réussi à vous reprendre et à faire Conrad prisonnier. Personne ne sait, et ne doit savoir, que nous connaissons la vérité sur Conrad et son père Guy. »

À la mention de Guy, Livia ne put retenir un reniflement de tristesse. Elle s'en rendait compte maintenant que le faux Conrad ne lui avait pas menti sur deux choses : Guy avait réellement été empêché de l'accompagner en Nurésic et qu'ils étaient en danger.

Elle sentit un bloc de glace lui tomber sur les épaules. Elle lui avait parlé tout juste avant l'arrivée du faux Conrad. Elle avait peut-être été la dernière personne à lui avoir parlé avant sa mort. Sous l'émotion, elle se leva et sortit de la hutte, suivie de Mevil. Il resta à ses côtés, en silence, le temps qu'elle reprenne sur elle-même. Sa présence la calma, lui faisait du bien. Son père lui faisait confiance, et elle ferait de même. Elle leva la tête vers le ciel, laissant le soleil caresser sa peau, et s'imagina être de retour dans son propre jardin, au Canada.

Lentement, elle sentit la chaleur la regagner et elle se tourna vers Mevil.

« Où est mon père? »

« Ce n'est pas encore le moment. »

« Quand? »

« Quand vous aurez trouvé la solution. » Il leva la main. « C'est un message de votre père. »

« Quelle est la suite du programme? »

« Vous faites tout ce que vous pouvez pour trouver la solution. »

« Mais mon père n'a pas réussi... » Mevil plongea son regard dans le sien.

« C'est pour cela qu'il a besoin de votre aide. Vous êtes la seule à pouvoir pointer ses erreurs. Il y a eu une nouvelle attaque. Un autre village. »

Chapitre 19

De nouveau dans la clinique, Livia sentait la pression de trouver la solution avant que d'autres villages ne subissent le même sort. De son côté, Larry préparait les prochains échantillons à tester et Mevil prit place près de la porte, les yeux fixés sur elle.

Elle devait trouver la solution, mais son père ne lui avait donné aucun indice.

C'est à ce moment que sa conversation avec Mevil avant son attaque lui revint en mémoire. Elle avait commandé le pot de café pour découvrir le secret de son père. La solution. Elle se tourna vers Mevil.

« Est-ce que vous avez la boîte de mon père? » Il passa un appel et quelques minutes plus tard, elle avait à nouveau la boîte de bois et ses herbes en sa possession. Elle savait que même si Mevil et Larry la regardaient ouvrir la boite, ils ne parviendraient pas à recréer la séquence de mouvements.

Sans hésitation, elle ouvrit la boite. Son contenu n'avait pas changé : la poudre jaune-orangée, les graines vertes et la moitié de formule dont la deuxième partie, qui devait s'être trouvée dans la boite de Guy, avait disparu avec la destruction de la boite.

Si son père voulait qu'elle trouve la solution, il devait lui avoir fourni un autre indice. Elle tourna la boite et la secoua, mais rien n'en tomba. Elle passa les doigts le long des bordures externes à la recherche d'un indicateur d'une deuxième séquence d'ouverture, sans succès.

Elle posa le couvercle près de la boite vide et observa les graines. Elles étaient épaisses, ovales, avec un capuchon pointu. À l'exception de la couleur, elles lui faisaient penser à un lierre qu'elle faisait pousser dans son jardin. Livia fouilla dans sa boite de sachet et en sortit celui qui contenait les graines de ce lierre.

Elle l'ouvrit et fit glisser les graines sur la table. Elles avaient la même forme, le même capuchon, mais elles étaient vertes.

Elle prit l'une des graines pourpres et la gratta sous son nez. L'odeur florale et épicée envahit la pièce. Surprise, Livia procéda au même essai avec une de ses graines vertes. Il n'y avait qu'une odeur de gazon humide.

Elle se concentra à nouveau sur la boite. Le fond de la boite ne présentait aucune inconsistance de fabrication. Elle passa ses doigts sur le couvercle et sentit le contrôle. Aussitôt, elle effectua la séquence et le couvercle se sépara en deux. Un morceau de papier s'en échappa. Elle sourit. L'indice.

« Livia, je te fais confiance de trouver l'antidote à la toxine dans la boite. La poudre est le catalyseur. Si Rosalia a raison, tu connais ce lierre mieux que personne. » Livia laissa tomber le papier, horrifiée. Son père lui avait envoyé la toxine qui venait de tuer plus de 300 personnes, sans l'avertir. Il aurait pu avoir créé une catastrophe par sa stupide paranoïa, si elle n'avait pas été prudente.

Elle s'assura que le sachet de poudre était bien refermé et regarda avec méfiance les graines pourpres. Son père avait dû manipuler le lierre indigène à la Nurésie au point d'en faire un poison latent.

Pourquoi lui demandait-il, à elle, de fabriquer l'antidote? Il s'agissait de ses recherches, elle n'avait rien à voir dans tout cela.

Elle se leva et fit les cent pas dans la clinique. Elle n'était pas une scientifique, elle savait seulement comment concentrer les éléments actifs des plantes, et ce à partir des recherches de son père. Elle n'avait rien fait par elle-même, comment pouvait-il croire qu'elle pourrait fabriquer un antidote alors que lui, qui avait créé la toxine, n'y arrivait pas? Elle leva son poing à un père imaginaire.

La porte de la clinique s'ouvrit avec fracas. Livia se précipita pour tout remettre dans la boite. Deux hommes entrèrent, l'un supportant le deuxième. Rapidement, il l'aida à s'étendre sur un des lits. Le docteur se précipita vers lui.

« Que lui est-il arrivé? » Livia jeta un coup d'oeil vers l'homme en sueur. Sa peau prenait une teinte grisâtre et il tenait son bras contre lui.

« Une morsure de serpent. Il y a quelques minutes. » Le premier homme leva le serpent qu'il tenait dans sa main libre. Le docteur eut un mouvement de recul, mais le serpent était mort. Larry hocha la tête et alla fouiller dans une armoire.

« Est-ce que je peux aider? » Livia voulait penser à autre chose qu'aux morts que son père avait causées. Elle voulait se sentir utile. Il secoua la tête.

« On doit l'évacuer vers un hôpital, je n'ai pas assez d'antivenin pour le traiter. » Livia fronça les sourcils, se leva et s'approcha de l'homme inconscient. Autour de la morsure, la peau avait une teinte bleutée. Une nécrose des tissus.

Le docteur ordonna à l'homme qui tenait toujours le serpent dans sa main d'aller chercher l'infirmière. Sans dire un mot, il disparut. Quelques instants plus tard, une jeune femme entra dans la clinique. Elle repoussa Livia et ferma le rideau autour du lit pendant que le docteur administrait la première dose à l'homme.

Pendant ce temps, Mevil se dirigea vers le téléphone pour coordonner l'extraction de l'homme mordu vers l'hôpital le plus près.

Elle se tourna vers la table. Jusqu'à présent, elle avait oublié les caractéristiques originales du lierre que son père avait utilisé, pourtant c'était grâce à cela que Rosalia faisait partie de sa vie. C'était elle qui l'avait introduit à ce lierre qui n'existait qu'en certains endroits de la Nurésie.

Le calme jusqu'à la transe, une augmentation de l'acuité auditive, et la guérison de plusieurs problèmes de santé, en particulier les blessures ouvertes. Une décoction de ce lierre appliqué sur une plaie ouverte réduisait la perte de sang et cautérisait la blessure.

Son père n'avait pas eu le temps de mieux les développer. Livia avait pris la relève et avait découvert qu'après l'application d'un catalyseur sur plusieurs générations, le lierre détruisait la cohésion entre les cellules d'une autre plante, créant une nécrose de l'organisme touché. Elle en avait fait l'expérience lorsque Rosalia, utilisant ses connaissances en botanique de la Nurésie, avait cru qu'il s'agissait du même lierre que dans son pays et lui en avait posé sur une plaie sur sa main.

Livia regarda la cicatrice en forme d'araignée sur le dos de sa main gauche. Depuis cet incident, elle n'avait plus de sensation à cet endroit.

Se pouvait-il que son père ait poussé plus loin et que les résultats sur les humains ressemblassent à ce qui s'était produit dans ce village? Elle devait trouver une façon de contrer l'attaque de la toxine sur les cellules. Elle sourit. Elle venait de trouver. Tout semblait si simple maintenant!

« Est-ce que ça va? » Son sourire s'effaça en voyant le regard soucieux de Mevil.

« Non. Le capitaine avait raison, ce n'est pas contagieux. Est-ce qu'il y a des survivants? Est-ce que le village se trouve le long de la même rivière? »

« Aucun survivant. Sur une autre rivière. » Livia hocha la tête et retourna s'asseoir à la table. Son père avait développé le catalyseur pour amplifier les propriétés des plantes. Contrairement à lui, elle connaissait les plantes avant le catalyseur. Son père ne savait pas comment contre balancer la toxine. Une toxine que personne n'avait rencontrée auparavant.

« À quoi vous font penser les corps? »

« Des corps calcinés. » Elle appuya son menton dans sa main et joua avec ses sachets.

« C'est la description du survivant qui m'a mise sur la piste. La nécrose, la paralysie, la douleur. » Mevil fronça les sourcils et se tira un banc devant elle.

« J'écoute. » Elle ouvrit un dossier et lui tendit la photographie d'un bras noircie.

« Si je ne vous montre que cela, sans vous donner les circonstances, qu'est-ce qui vous vient en tête en premier? » Il observa la photographie avant de la lui redonner.

« J'ai déjà vu un membre prendre cette apparence après une morsure de serpent. Mais ils n'ont trouvé aucune morsure. » Livia ferma le dossier pour ne plus voir l'image. « C'est ce qui leur donne à penser qu'il s'agit d'un empoisonnement. »

« En quelque sorte. Plus j'y pense, plus l'idée que mon père ait pu fabriquer un poison qui agit comme le venin de serpent a du sens. »

« Il n'a pas travaillé sur ce genre de substance. »

« Il n'y a pas que les serpents ou les araignées qui peuvent faire ce genre de dégât. » Elle ouvrit la boite de son père et lui montra les deux sachets. « Le lierre de ce pays peut être toxique à une certaine dose. En le nourrissant d'un mélange précis d'enzymes et de vitamines, sur quelques générations, le lierre va posséder ce degré de toxicité. Mon père a poussé le développement du lierre plus loin que moi, et à un tel point qu'il n'y a rien pour l'empêcher de faire tous ces dommages rapidement. » Elle secoua le sachet de poudre. « Si on rajoute un catalyseur, le mode de propagation peut être changé et la toxine devenir active. »

« Et comment fait-on pour éviter la propagation et protéger la population? » Livia laissa tomber ses bras sur ses jambes, les épaules basses.

« Je dois encore travailler là-dessus. Un vaccin serait l'idéal. » Elle pointa l'homme qui gémissait dans le lit derrière eux. « Un antivenin ou quelque chose du genre serait le plus rapide. »

« Qu'est-ce que ça prendrait pour le faire? » Elle haussa les épaules.

« À ce point-ci, on sort de mon domaine d'expertise. Vous devriez demander à un médecin parce que je ne sais pas comment faire un vaccin ou développer un antivenin, mais je peux faire pousser le lierre pour mieux l'étudier. »

« Ça peut prendre des mois. » Elle secoua la tête, le sourire aux lèvres. C'est là qu'était la solution.

« Avez-vous le personnel nécessaire pour travailler dessus? » Il hocha lentement la tête. « Alors, rien de plus simple! » Elle se tourna vers sa boite d'herbes. Elle possédait tout ce dont elle avait besoin pour diminuer le temps de germination d'une plante. Elle n'avait pas de diplôme en biochimie, mais elle savait quelles herbes utiliser pour accélérer le processus. Elle avait raffiné la méthode de son père et peut-être que celui-ci n'avait pu, par choix ou par manque de temps, le faire de son côté.

« Si vous croyez que c'est si facile, pourquoi votre père aurait demandé votre aide? Il ne vous a pas entraînée dans cette histoire pour rien. »

« Il savait que j'avais tous les outils pour le faire. Il ne voulait probablement pas que les autres puissent développer leur poison aussi rapidement que je pourrais aider à trouver un antidote. » Pensif, Mevil hocha lentement la tête. Elle pouvait voir qu'il tentait de trouver un sens à ses révélations soudaines.

Après tout ce qui était arrivé depuis trois jours, elle aurait pu rester silencieuse et exiger de voir son père avant de dévoiler ses secrets. La vue des corps dans les photographies lui avait fait changer d'avis et Mevil était la seule personne en qui elle pouvait faire confiance, pour le moment. Mevil se leva lentement, le téléphone à la main.

« Je vais voir ce que je peux faire. En combien de temps pouvez-vous leur donner un échantillon viable? » Le sourire de Livia s'élargit.

« Trois ou quatre jours. » Elle ignora le mouvement de surprise de Mevil et poursuivit. « J'ai seulement besoin d'un bol d'eau, d'un bâton de bois de la grosseur de mon doigt et de ficelles. » Elle aurait à passer ces heures auprès de la vigne, mais elle avait hâte de se replonger dans ce qu'elle connaissait parfaitement. Faire pousser une plante, dans le moins d'espace possible, le plus rapidement possible et avec la meilleure concentration des vitamines et enzymes particulières à la plante. Elle glissa les dossiers sous sa boite d'herbe pour éviter d'y penser et se frotta les mains d'anticipation.

Chapitre 20

Étendue dans la chambre qu'on lui avait fournie à son arrivée dans le campement, Livia fixait le plafond. Elle aurait dû dormir, mais elle n'avait pas sommeil.

Les graines que son père lui avait fournies avaient réagi exactement comme elle l'avait prévu. Elle s'était sentie soulagée et heureuse d'être finalement utile. Elle leur avait même donné le mélange d'enzymes qui permettait à la toxine d'être activée après sa récolte à partir des feuilles.

Malheureusement, son sentiment avait été de courte durée.

Un des biologistes avait déclaré pouvoir extraire la toxine de la plante. Malgré l'utilité d'une telle chose, personne n'avait encore mis la main sur une plante mature, ils ne pouvaient pas produire un antidote sans trouver un organisme capable de soutenir la toxicité de la plante. Charles lui-même avait été incapable de trouver le point critique où la solution serait suffisamment diluée pour ne pas tuer l'organisme, et il connaissait la vigne mieux que quiconque.

Par la suite, ils devraient diluer la solution pour pouvoir être injectés dans un cheval pour que celui-ci développe des anticorps et développer l'antivenin. Cela pouvait prendre plusieurs mois, voire plusieurs années.

Ils retournaient à la case de départ. Mevil avait tenté de la consoler en lui rappelant que son père avait également échoué alors qu'il s'était penché sur la question depuis plus longtemps qu'elle.

Elle refusait d'avoir fait autant de chemin pour ne servir à rien.

Un frappement à la porte annonça la présence de Mevil.

« Mademoiselle Livia? Votre père voudrait vous parler. » Livia se leva d'un bond et se précipita vers la porte sans prendre la peine de passer ses sandales.

« Mon père? Où est-il? » Livia sentait son coeur sur le point d'exploser. Son père était vivant!

Elle passa rapidement ses sandales et suivit Mevil vers la hutte attenante à la clinique où les scientifiques travaillaient sur le lierre. Livia se sentait bondir sur le sol et tentait de forcer Mevil à marcher plus rapidement. Il ouvrit la porte de la hutte et Livia s'y précipita.

« Papa? » Les deux biologistes détournèrent un moment leur regard de leur microscope avant de l'ignorer. Il n'y avait personne d'autre. Furieuse de s'être fait avoir, elle se tourna vers Mevil qui était entré derrière elle, mais avant d'avoir pu prononcer une parole, elle entendit sa voix.

« Livia? » Elle regarda tout autour d'elle, leva la tête vers le plafond, se pencha pour voir sous les tables. Il n'y avait toujours rien.

« Papa? Où es-tu? » Elle sentait les larmes monter à ses yeux. Il était vivant et lui parlait.

« Ici. » Mevil lui prit doucement le bras et la tira vers une table sur laquelle était posé un ordinateur. À l'écran, le visage émacié et terreux de son père. Dans le haut de l'écran, un compte à rebours. Un peu moins de cinq minutes. Comme une automate, elle prit place sur le petit banc et entendit les deux biologistes quitter le laboratoire sur la pointe des pieds.

« Comme tu as changé! » La fierté remplissait ses paroles. « Ça faisait si longtemps que je voulais te revoir. » Livia ne trouvait pas les mots.

« Où es-tu? » Ses yeux où la tristesse voilait son regard bleu s'abaissèrent légèrement.

« Loin. Je suis désolé qu'on se revoie dans ces circonstances. » Un sourire réapparut dans son visage ridé et il sembla reprendre vie. « Mevil me disait que tu as presque trouvé la solution! » Livia s'approcha de la caméra.

« Pourquoi? » Il n'avait pas besoin qu'elle précise sa pensée.

« Vous étiez en danger. Je n'ai pas eu le choix, mais j'espère que tu sais maintenant que j'ai toujours gardé un oeil sur toi. »

« Est-ce que je vais bientôt pouvoir te voir? » Il secoua la tête. Livia sentit son coeur se resserrer. « Pourquoi? » Il soupira et tourna son regard vers Mevil.

« Tu ne le lui as pas dit? »

« Dire quoi? »

« Je vais bientôt mourir. Pour vrai cette fois-ci. Quelques semaines tout au plus. » Livia essuya les larmes qui s'étaient échappées de ses yeux.

« Tu n'as pas le droit de me faire ça! Pas maintenant! » Elle frappa la table de son poing.

« J'ai trop joué avec la vigne. Cette satanée vigne qui semblait remplie de potentiel, mais qui est un cadeau empoisonné. Elle tue des gens au lieu de les aider. »

« Ce n'est pas contagieux! »

« Ne rends pas les choses plus difficiles qu'elles ne le sont, nous n'avons pas le temps de nous obstiner. Quand j'ai su que j'allais mourir, j'ai dit à Rosalia que tu devrais reprendre le flambeau pour effacer toutes mes erreurs. Elle a exigé que je te dise la vérité, que j'étais vivant pendant les quatre dernières années. Je t'ai envoyé le paquet en espérant que tu reprendrais mes recherches là où je les laissais. » Il s'arrêta pour reprendre son souffle. Livia refusait d'entendre le cillement dans sa respiration et le tremblement dans sa voix. « Je compte sur toi pour terminer mes recherches. Rosalia me disait que tu avais fait beaucoup de progrès depuis mon enlèvement. Pourquoi est-ce que ça t'a pris tant de temps à trouver la solution, à comprendre ce que je voulais de toi? » Livia n'aimait pas l'accusation dans la voix de son père.

« Ce n'est pas vraiment le temps... » Mevil s'impatientait.

« Tu sais quoi? Je ne suis pas responsable de ta toxine. Si tu veux m'accuser de ne pas comprendre tes petits messages, tu aurais dû me garder en dehors de tout ça. »

« Ne me dis pas que tu es venu en Nurésie sans chercher à savoir dans quoi tu t'embarquais? Je ne t'ai jamais demandé de venir ici, Michel pourrait te trouver et t'utiliser comme il a fait pour moi. »

« Je n'ai pas eu le temps de réfléchir, quelqu'un s'est fait passer pour Conrad et il s'est pointé à ma porte pour m'entraîner jusqu'ici. »

« Tu ne t'es pas rendu compte que ce n'était pas Conrad? Vous étiez amis, tu aurais dû le savoir. » Livia sentait la colère monter en elle.

« Et toi? Tu n'as pas pensé à m'envoyer un message plus clair? Je n'avais aucune idée de ce que tu attendais de moi. »

« Alors tu es venu ici pour quoi au juste? T'assurer que j'étais en vie? »

« Hum... » Mevil leva une main.

« Pourquoi pas, tiens? » Mevil frotta ses yeux alors que les voix s'élevaient entre le père et la fille.

« Tu n'as pas pensé que j'avais une raison pour être mort? Que de venir ici te mettrait en danger? »

« Mais à quoi est-ce que tu t'attendais au juste? Tu as disparu de nos vies quand j'avais 17 ans, et je ne sais toujours pas si tu l'as voulu. On a appris que tu étais mort six ans plus tard. Toujours sans explications. Et tu décides de réapparaître dans ma vie, sans excuses, et tu oses demander mon aide! Tu n'as même pas été capable de me le demander clairement. J'ai été droguée, assommée, enlevée plus souvent que nécessaire et menacée de mort. »

« Tu te doutais que j'étais en danger, je devais compter sur ton intelligence pour deviner les choses. Je crois que je me suis trompé. » Livia sentit un pincement au coeur en voyant la déception se peindre sur le visage de son père. Il avait raison, elle n'était pas à la hauteur de ses attentes, elle n'avait pas assez étudié ses notes, elle n'avait pas fait suffisamment d'effort pour comprendre ses recherches.

« J'ai toujours aimé les réunions de famille, mais ce n'est pas le moment pour une telle conversation. » La voix de Mevil la ramena dans le présent. Elle devait se concentrer sur l'avenir plutôt que de ressasser le passé comme elle l'avait fait si souvent depuis des années. Elle se frotta les yeux avant de poursuivre.

« Mevil a raison. Est-ce que les médecins peuvent faire quelque chose pour toi? »

« J'ai cru trouver une solution au problème et je me suis injecté ce que je considérais l'antidote. J'ai été trop ambitieux et trop pressé. Ce n'était pas un antidote. J'ai seulement retardé la réaction. »

« Je connais les plantes, pas comment faire un… » Elle s'arrêta de parler. Son père lui lança un regard interrogateur. «Est-ce que les anticorps pourraient se développer naturellement chez quelqu'un, à partir d'une version moins efficace? »

« Qu'est-ce que tu as en tête? » Elle plaça le dos de sa main gauche devant la caméra. « Une cicatrice? » Il ne cacha pas sa déception. Mevil prit la parole.

« Nous devons couper la communication... »

« Je crois être la solution. »

« Explique-moi ce que… » Elle se leva.

« Promets-moi seulement de rester en vie jusqu'à ce qu'on ait l'antidote. Tu m'expliqueras tout à ce moment-là. » Il secoua la tête.

« Dix secondes. »

« Je ne peux rien te promettre. Michel est trop fort… C'est mieux pour toi que je meurs sans qu'il sache ce que tu peux faire. Garde le secret. » La connexion devint noire et Livia resta un moment songeuse devant l'écran. Ce fut Mevil qui la sortit de sa rêverie.

« Vous dites avoir la solution? »

« Mon sang. »

Chapitre 21

Larry restait sceptique. Elle lui avait expliqué à plusieurs reprises que deux ans plus tôt, elle avait cessé ses manipulations sur le lierre après un incident qui avait nécrosé le dos de sa main. Elle avait survécu, et sa main s'en était sortie de justesse, et n'avait plus eu de problèmes au contact de la plante. De son côté, Rosalia devait porter des gants pour manipuler les graines et les feuilles, car elles lui causaient des brûlures au contact.

Sans doute pour lui faire plaisir, Larry préleva un échantillon de son sang. Sous son regard attentif, il plaça une goutte de sang sur une lame mince et posa celle-ci sous la lentille du microscope. Il prit quelques notes dans son cahier, posa des gouttes de différentes substances avant de prendre plus de notes. Finalement, il positionna une nouvelle lame et une nouvelle goutte de son sang sous le microscope.

Livia attendait impatiemment le résultat. Il introduisit une goutte de la toxine et observa le résultat. Les minutes semblaient être des heures. Il recula et s'appuya contre le dossier de sa chaise.

« Et puis? »

« Je ne sais pas trop quoi en penser. De la crainte, de l'excitation. »

« Est-ce que ça fonctionne? » Il se tourna vers Mevil.

« Si j'étais vous, je la garderais sous surveillance. Il voudra l'avoir pour lui. » Mevil hocha la tête.

« Qu'est-ce que ça veut dire? »

« Votre sang possède effectivement les anticorps nécessaires. Il ne reste rien de la toxine. On doit faire plus de tests, mais vous êtes pour ainsi dire l'antidote. » Livia frissonna. Le docteur se tourna vers Mevil. « Je crois que Charles mérite d'être mis au courant. »

Livia accepta de lui donner une quantité significative de son sang pour qu'il puisse procéder à plus d'analyse et peut-être même la création d'un antidote. Le temps était compté, Mevil venait de recevoir des informations qu'un autre village avait été touché par le poison.

« Pourquoi fait-il cela? »

« Paolo ne nous l'a jamais dit. Je ne crois pas qu'il le savait lui-même. »

« L'avez-vous retrouvé? » Mevil secoua la tête. Il lui offrit un jus de fruit qu'elle accepta volontiers.

« J'ai plusieurs hommes sur son cas, mais il semble avoir disparu. » Livia renifla.

« Ça semble être un problème dans la région. » Le sourire de Mevil était cynique.

« Vous n'avez aucune idée. » Il jeta un coup d'oeil vers les deux biologistes et le docteur qui discutaient entre eux et avec des collègues par l'internet, se pointant des schémas sur un ordinateur que Livia aurait été bien en mal de les comprendre. « Je dois parler au capitaine. Restez ici. » Elle hocha la tête.

Malgré la présence des deux biologistes et du docteur et de son propre rôle dans leurs travaux actuels, Livia n'avait rien à faire et l'ennui prenait le dessus. Elle se tourna vers l'ordinateur qui lui avait servi pour parler à son père et l'alluma.

Aussitôt, un appel entra. Son père. Elle s'empressa de répondre.

Un homme en chemise blanche apparut dans l'écran.

« Qui êtes-vous? Où est Mevil? » Larry se détacha de ses échantillons pour hausser les épaules. Il se leva et se plaça devant la caméra.

« Il n'est pas là. Qu'est-ce qui se passe? » Le regard de l'homme devint vague.

« Je dois parler à Mevil de toute urgence. »

« On peut lui passer un message. Il devrait revenir bientôt. » L'homme retira ses lunettes et se frotta les yeux.

« On n'a pas de temps à perdre. Charles a disparu. » Livia resta sans voix. Larry la poussa pour prendre sa place assise.

« Disparu? Quand? »

« Il y a environ une heure. Juste après avoir parlé à Mevil. Dans son état, il ne peut aller très loin par lui-même. »

« Tu crois qu'ils l'ont retrouvé? » L'homme hocha la tête. « C'est bon, je m'en occupe. » Il coupa l'appel, se tourna vers la jeune fille et remarqua la lueur de panique dans ses yeux. « Ne vous en faites pas, ils ont besoin de lui et tant qu'ils ne savent pas pour vous, il est en sécurité. » Il se leva et se précipita à l'extérieur.

Livia en voulait à son père. Au moment où elle le retrouvait, il réussissait à disparaître à nouveau. Sa mère avait raison, elle ne pouvait fuir le passé, et celui-ci refusait de se faire oublier.

Elle était si proche du but, encore quelques heures et ils auraient l'antidote pour sauver son père. Elle ne pouvait pas abandonner maintenant. Tant pis pour le passé!

Elle réfléchit un moment. Elle devait parler à Conrad, en savoir plus sur l'homme qui avait à nouveau son père entre ses mains. Elle aurait besoin d'être convaincante, de lui prouver qu'elle ne rigolait pas.

Elle fouilla dans les tiroirs de la clinique à la recherche d'un masque chirurgical et de gants de vinyle. Dès qu'elle les trouva, elle retourna s'asseoir devant sa boite. Elle en sortit deux sachets et en mélangea soigneusement le contenu sur une plaque de métal. Malgré son masque, elle évita de respirer profondément.

Satisfaite du mélange, elle fit glisser la poudre dans sa main gantée et retourna le gant sur lui-même. Elle ramassa ensuite ses herbes et sortit de la pièce. Elle avait besoin d'air, mais le soleil de la fin de l'après-midi rendait l'atmosphère humide et étouffante. Déterminée à trouver des réponses, elle se dirigea vers la hutte où le faux Conrad était tenu prisonnier.

Chapitre 22

« Vous ne pas entrer. » Le militaire lui barra l'entrée de la hutte. Livia n'avait pas de temps à perdre avant que Mevil, le docteur ou le capitaine ne se rendent compte de son absence.

« Mevil m'a autorisée à lui parler. C'est à propos de mon père. » L'homme la regarda comme si elle venait de parler une autre langue. Quoiqu'avec son lourd accent, il devait considérer le français comme quelque chose de compliqué.

Elle soupira et joua sa chance en lui montrant le contenu de sa boite.

« Très dangereux. Je dois savoir où il a caché les sachets manquants. » Il regarda autour de lui. « Ce matin? Dans la nourriture? Ça vient de ça! » Elle secoua la boite, espérant que ce simple mouvement l'aiderait à lui faire comprendre. Il pointa finalement la boite en fronçant les sourcils.

« Poison? » Elle hocha la tête. Il pointa vers l'intérieur de la hutte. « Lui? » Une nouvelle réponse affirmative. « Voler autre? »

« Oui. » Il se redressa.

« Non. » Il était intransigeant. Elle aurait dû s'en douter. Mevil et le capitaine ne laisseraient pas n'importe qui entrer dans la hutte et voir le prisonnier. Ils ne pouvaient risquer qu'il s'enfuit et avertisse ses copains. Elle n'avait pas le choix, Mevil lui en voudrait certainement par la suite. Elle s'assura que personne ne leur prêtait attention.

Elle sortit le gant de vinyle qu'elle venait de préparer et défit le noeud sous le regard à la fois curieux et méfiant du militaire. Elle glissa sa main dans les ouvertures pour ses doigts, forçant le gant à se retourner. Elle souffla aussitôt sur la poudre qui s'échappait.

L'homme n'eut pas le temps de retenir sa respiration. Il toussa et s'effondra au sol. Livia, qui avait évité de respirer la poudre en aérosol, se pencha vers lui. Les yeux de l'homme regardaient autour de lui, paniqués, et Livia se sentit mal pour lui.

« Je sais que vous êtes en train de paniquer, mais vous êtes seulement paralysé. Vous allez être correct dans environ cinq minutes. »

Elle lui prit son arme et la glissa dans son dos. Elle poussa ensuite la porte qu'elle referma derrière elle avant de regarder ce qui l'attendait dans la pièce. Elle n'avait pas beaucoup de temps avant que la présence du militaire au sol devant la porte n'attire l'attention.

L'intérieur de la pièce faisait un étrange contraste avec son extérieur de bambou. Malgré ce qu'elle avait cru en voyant la hutte au passage, les murs et les planchers étaient de béton. La toiture de paille couvrait une armature de métal qui concentrait la chaleur à l'intérieur d'une façon qu'elle n'aurait pas cru possible. Deux fenêtres aux barricades de métal permettaient une faible brise de pénétrer dans la pièce et d'en chasser l'odeur de moisissure.

Il n'y avait qu'une chaise au milieu de la pièce, dans la pénombre. Elle était vissée au sol et un homme y était attaché. Il était penché vers l'avant, retenu par des menottes et des chaînes. Il ne bougeait pas et Livia crut naïvement qu'il dormait.

« Conrad? » L'homme sursauta, mais ne leva pas la tête. Elle s'approcha de quelques pas et répéta son nom.

« Je ne suis pas Conrad. »

« Ça, je le savais. On a simplement oublié de faire les présentations. » Il leva lentement la tête. Livia fit un pas vers l'arrière à la vue du sang qui coulait le long de la tempe de l'homme. Un sourire carnassier dévoila des dents ensanglantées.

« T'es venu apprécier ton chef-d'oeuvre? »

« Je dois avoir un don parce que je ne me souviens pas d'avoir frappé si fort. Je devrais me mettre aux arts martiaux. »

« Ton chien de poche t'a laissé entrer? Ça me surprend parce qu'il est assez violent quand on parle de toi. »Livia ouvrit de grands yeux.

« C'est lui qui t'a fait ça? » Il rit.

« Tu t'inquiètes maintenant pour moi? Je me sens flatté, tu semblais te foutre de ce que je disais. » Elle haussa les épaules, incapable de ne pas fixer son visage.

« Je ne savais pas quoi faire de toi, mais c'est plus clair maintenant. C'est tellement plus simple comme ça. »

« Ce n'est pas aussi simple que tu l'espères. Tu sais pas ce qui se passe dans ce pays de con, tu sais pas ce que ton père a fait. »

« Pour qui est-ce qu'il travaillait? »

« Tu crois vraiment que tu peux débarquer comme ça et que je vais te donner les réponses qu'ils n'ont pas réussi à obtenir? Bel essai, mais ce sont eux les experts en torture, pas toi. Contente-toi d'être jolie et de jouer à la messagère pour ton père. » Il cracha au sol. Livia croisa les bras sur sa poitrine pour se redonner contenance.

« Je veux parler à son ancien patron, et probablement le tien. J'ai une offre à lui faire. » Conrad leva la tête, un sourire carnassier flottant sur ses lèvres.

« J'écoute. »

« Je vais me débarrasser de mes gardes du corps et je veux le rencontrer. J'ai l'antidote au poison. » Conrad resta silencieux un moment.

« Je ne suis pas aussi naïf que ça. Ton père n'a pas réussi à trouver l'antidote, malgré tous ses efforts. Ce n'est pas une fillette comme toi, une jardinière, une vendeuse de tisane, qui pourrait le faire. Le patron, comme tu le dis si bien, est en sécurité. Il sait comment éviter d'entrer en contact avec le lierre. »

« Et si je lui donnais le moyen de se protéger définitivement contre lui? »

« Tu bluffes. » Il cracha à nouveau au sol.

« Tu devrais arrêter cela. Avec cette température, ça va te déshydrater. » Elle sourit à son tour. « Après tout, personne ne sait ce que contenaient les boites. Tu avais raison, je peux manipuler le mécanisme. » Les yeux de Conrad brillèrent dans la pénombre.

« Qu'est-ce qu'il y a dedans? »

« Je n'en parlerai qu'à ton patron. » Conrad sembla réfléchir un moment. Livia crut qu'il allait refuser de lui donner les informations dont elle avait besoin. Il regarda autour de lui.

« Sors-moi d'ici et je te mène jusqu'à lui. » Livia secoua la tête en souriant.

« J'aimerais éviter de me retrouver à nouveau dans un échange de coups de feu comme la dernière fois. » Il tenta de bouger ses poignets, mais ses liens étaient trop solides.

« Alors tu peux t'étouffer avec ton idée. » Elle fit un signe vers l'entrée de la pièce.

« Tu crois vraiment qu'on pourrait sortir tous les deux du campement sans avoir de problèmes ? »

« T'as bien réussi à entrer ici. » Livia sursauta lorsque la porte s'ouvrit avec fracas derrière elle. Elle jura. Elle aurait dû faire plus attention au temps et ne pas tourner autour du pot. Elle n'avait pas prévu passer plus de quelques minutes dans la pièce. Elle se tourna lentement pour faire face au capitaine, les bras croisés, le visage impassible, imposant.

« Qu'est-ce que vous faites ici ? » Sa voix ressemblait à un grondement d'orage. Un orage qui approchait inexorablement et qui balayerait tout sur son passage. Elle sentit sa confiance s'écrouler. Contrairement à Conrad, il n'avait pas les mains attachées. Elle avala péniblement.

« Le garde n'est pas mort. » Le capitaine ne dit rien. « Je… je lui posais seulement quelques questions. » Elle se sentit rougir sous le regard sévère du capitaine.

« Ce n'est pas à vous de le faire. Dehors. » Livia ne se le fit pas répéter deux fois et fit un pas vers la porte. Conrad bondit derrière elle et elle sentit son bras se refermer autour de son cou et une main sur sa tempe droite. Le capitaine dégaina son arme et la pointa vers Conrad.

Livia lutta contre lui, mordit son bras, mais Conrad le serra un peu plus contre sa gorge. L'air lui manquait et seule la force de Conrad la maintenait debout.

« Ne bougez pas... un petit mouvement brusque pourrait lui casser la nuque. »

« Relâche-la. » Elle sentit le bras de Conrad se relâcher légèrement pour lui permettre de respirer. Elle cessa de bouger. Conrad rit.

« Elle m'a beaucoup renseigné en quelques minutes. Vous ne devriez pas la laisser agir à sa façon, elle est beaucoup trop naïve pour son propre bien. »

« Je compte jusqu'à trois. » Conrad serra son bras et Livia, le souffle court, supplia le capitaine du regard. Il l'ignora, son arme levée.

« Ce serait dommage de l'abîmer… »

« Un. »

« Vous n'avez plus besoin d'elle, je ne vois pas pourquoi on ne pourrait pas l'emprunter pour un temps. »

« Deux. » La main de Conrad glissa à sa taille, là où elle avait passé l'arme. Elle se contorsionna pour l'en empêcher, mais il gagna.

« Il a une arme! »

« Trois! » Le coup de feu l'assourdit un moment. Le capitaine avait échappé son arme et tenait son bras ensanglanté contre son torse. Conrad s'écroula derrière elle et l'entraîna au sol à sa suite. Livia se dégagea de son étreinte. Son regard fit le tour de la pièce et aperçut Mevil à travers la fenêtre, son arme toujours levée devant lui.

« Son arme. » Livia poussa l'arme hors de la portée de Conrad. Une marre de sang grandissait sous son corps inanimé. Des hommes se précipitèrent à l'intérieur et pointèrent leur arme sur Conrad.

« Est-ce qu'il est mort? Il n'allait pas me tuer! » Le capitaine la fusilla du regard.

« Vous ne pouviez pas le savoir! »

« Je lui ai dit que j'avais l'antidote, il avait besoin de moi! Il n'aurait pas prit la chance de me tuer sans en savoir plus! » Le capitaine se frotta les yeux et parla les dents serrées, sa colère à peine retenue.

« Combien de fois est-ce que vous allez vous mettre dans le pétrin? Vous paralyser le garde et ensuite vous nous forcez à tuer un prisonnier. Il était notre seul contact avec l'homme derrière les différentes attaques et à cause de vous, on retourne à la case de départ. J'espère que vous êtes contente de vous, il semblerait que vous ne jouiez franc jeu avec nous. De quel côté êtes-vous? » Son ton était rempli de mépris. Livia se mit à trembler, les larmes aux yeux.

« Mon père a disparu… »

« Ce n'est pas une excuse! Tout cela n'est pas un jeu. »

« Mon père a disparu à nouveau… Guy est mort, Conrad est mort… » Elle leva la tête vers le militaire furieux. « Rosalia! Je dois l'avertir! » Elle se précipita vers la porte, mais Mevil arriva à ce moment et lui bloqua le passage.

« Laissez-moi passer! » Il posa ses mains sur ses épaules et elle se calma. Mevil saurait quoi faire.

« Capitaine? » Penché au-dessus du corps, le capitaine fit un vague geste de la main vers eux.

« Fais-en ce que tu veux. Je ne veux plus entendre parler d'elle. » Mevil attrapa le bras de Livia et la tira à l'extérieur de la hutte. Le garde qu'elle avait immobilisé avait disparu. Le militaire aux lunettes dorées s'approcha d'eux.

« Qu'est-ce qui vient de se passer? » Mevil pointa vers la hutte derrière lui.

« Il est mort. » Le militaire hocha la tête, comme s'il n'était pas surpris.

« Sa faute? »

« Entre autres. Le capitaine me l'a confiée. On doit la garder sous les radars. Ses papiers sont dans le laboratoire. Trouve-moi Manolo. »

« Ça pourrait être compliqué. »

« Il faut prendre le risque. »

« Bien sur. » Le militaire sortit sa radio et donna un ordre.

« Qu'est-ce qui va m'arriver? »

« Vous? Je vous mets sur le premier vol vers le Canada. Vous avez accompli la mission que votre père vous avait confiée et causé beaucoup de problèmes en retour. On ne peut pas prendre le risque de vous garder sous notre protection directe, vous êtes une trop grande responsabilité. »

Livia sentit un pincement au coeur. Quelques minutes plus tôt et elle était prête à quitter le pays, mais l'entendre des lèvres de Mevil était plus douloureux qu'elle ne l'aurait cru. Elle voulait partir pour fuir après s'être mise autant dans le pétrin, mais elle voulait rester pour aider Mevil et sa famille. Ils avaient gardé le secret sur son père, ils l'avaient protégé et Mevil et Rosalia avaient tenté de faire la même chose pour elle. Au moment d'être obligé de partir, elle réalisait que sa présence était dangereuse pour les personnes qu'elle appréciait, mais elle ne pouvait pas quitter le pays et croire que tout s'arrangerait par la suite, malgré leur optimisme.

« Rosalia? »

« Ne vous inquiétez pas pour elle. »

« C'est la seule famille qu'il me reste. » Mevil lui jeta un regard de côté. Il s'était redressé à son commentaire et même s'il n'avait pas bougé, elle le sentait plus proche d'elle. Elle souhaitait qu'il la prenne dans ses bras et lui promette que tout irait bien. « Je veux rester ici. » Mevil soupira.

« Malgré tout ce qui vous est déjà arrivé? Vous devriez consulter un psychologue... »

« Je veux retrouver mon père et m'assurer que ses erreurs sont réparées. »

« Il n'a pas eu le choix. »

« Oui. Il a pris le choix de protéger ma mère et moi. Je ne peux pas fermer les yeux là-dessus. »

« Vous l'avez dit vous-même que vous ne connaissiez rien à ses recherches, que vous n'y étiez pour rien dans le développement de ses techniques. »

« Pas dans les premiers temps, bien sûr. Mais par la suite? Je n'ai pas refusé de les perfectionner pour obtenir les tisanes avec le plus de potentiel. J'ai été égoïste, je n'ai pas pensé une seule fois aux conséquences que cela aurait pu avoir sur les gens ou l'environnement. C'est seulement lorsque Conrad m'a volé la boite que j'ai compris à quel point j'étais naïve. »

« Ce n'est pas de votre faute. Rosalia aurait pu parler, mais elle a agi selon les ordres de votre père. Personne n'a tenté de vous avertir, de vous conseiller d'une autre façon. Vous n'avez été qu'un pion. » Livia se renfrogna. Elle voulait, pour une fois, faire la bonne chose et on balayait ses efforts du revers de la main.

« Alors, c'est tout? On me renvoie au Canada et on espère qu'il ne m'arrivera rien? Conrad, ou peu importe son nom, a tué Guy et Conrad et personne ne l'a su avant un bon bout de temps. Vous croyez vraiment que je vais me sentir plus en sécurité là-bas? »

« Son nom est Ryan. Je ne vous comprends pas. Un jour vous faites tout dans votre possible pour que votre père réalise son erreur de jugement à votre égard, pour retourner dans votre confort, et lorsque votre souhait se réalise, vous voulez rester? Pourtant, pour vous, il était déjà mort depuis plusieurs années. En quoi est-ce différent maintenant? » Livia sentait qu'il était sincère, qu'il voulait réellement la comprendre.

« Je lui en ai toujours voulu d'être mort. Savoir qu'il ne l'était pas m'a soulagée. J'avais raison d'être rancunière. Il a disparu à nouveau, et cette fois-ci je ne sais pas s'il va s'en sortir. Je suis arrivée trop tard, ils vont apprendre qu'il ne leur est plus utile et ils vont s'en débarrasser. »

Livia ravala ses larmes en voyant l'aide du militaire lui tendre l'enveloppe avec les papiers que le capitaine lui avait remis le matin même. Manolo courrait dans leur direction. Mevil remit le passeport à la jeune femme.

« Vous devriez aller vous changer. Vous avez une longue route et vous devez passer pour une touriste. » Il se tourna ensuite vers Manolo. « Assure-toi qu'elle prend bien l'avion. » Manolo sourit. Livia hocha la tête et retourna dans sa hutte. Manolo l'accompagna et l'attendit devant la porte.

Chapitre 23

Le silence dans le camion était lourd. Roberto tentait de lui sourire chaque fois qu'il regardait de son côté, mais la présence de Manolo à l'arrière l'empêchait de se détendre. Elle serra le sac qu'on lui avait redonné avant de partir du campement. Mevil lui avait redonné ses herbes en lui demandant qu'elle détruise celles qui pourraient être dangereuses. Livia était surprise qu'il n'ait pas décidé de le faire lui-même, mais elle était heureuse à l'idée d'avoir une tisane une fois dans l'avion.

Elle laissa tomber sa tête contre le banc. Après quatre heures de voyage, ils avaient abandonné le chemin cahoteux de la montagne en faveur de la chaussée pavée dans la vallée. Les arbres filaient de chaque côté de la route. Elle avait hâte d'arriver à leur destination pour tenter de reprendre le contrôle. Pour tenter de mettre le passé derrière elle.

« Qu'est-ce que vous avez fait pour mettre Mevil en colère? » Livia eut un pincement au coeur et se tourna vers le jeune homme.

« Il était en colère? » Il hocha lentement la tête.

« Il est allé s'enfermer dans son bureau et on l'entendait faire les cent pas. »

« Ça ne veut rien dire. »

« Au cas où vous ne l'auriez pas remarqué, Mevil se met très rarement en colère. » Livia sourit.

« Je ne vous crois pas. Du moins, pas après ma première fuite. Ou la deuxième. »

« Alors vous êtes la seule à pouvoir le mettre dans un tel état. Personne n'a osé aller le voir. »

« Peut-être qu'il était en colère que mon père a été enlevé? Après tout, il était sous la protection de sa famille, non? »

Manolo ne put répondre. Roberto leur demanda de se taire avant de ralentir. Livia se concentra vers l'avant du camion. Ils arrivaient à un checkpoint, le premier qu'elle rencontrait, consciemment, depuis son arrivée au pays. Il n'y avait pas d'autres voitures devant eux et les militaires, l'air ennuyé, leur firent signe d'approcher lentement. Manolo se pencha vers l'avant et lui posa une main réconfortante sur l'épaule.

« Ne faites que répondre à leurs questions, n'avancez pas plus d'explications qu'ils n'en demandent. Rappelez-vous, vous êtes Livia Isabelle. » Livia hocha la tête, les mains moites. Elle les essuya sur sa jupe. Elle était heureuse d'avoir pris une douche et de s'être changée avant de quitter le campement. Elle pourrait passer plus facilement pour une touriste.

Roberto arrêta le camion et ouvrit toutes les fenêtres avant de retirer les clés du contact. Un des jeunes soldats ouvrit les portes du camion et vérifia à l'intérieur des pochettes, dans le coffre à gant, sous les bancs.

Un autre soldat passait un miroir sous le camion. Livia tentait de garder le contrôle sur ses nerfs. S'ils savaient qui elle était, elle serait arrêtée. Un troisième soldat tendit sa main vers Roberto. Sur un ordre en nurésien, Roberto lui donna son passeport. Manolo, qui n'avait pas relâché l'épaule de Livia, la secoua légèrement. Celle-ci sembla se réveiller et sortit son passeport en tremblant. Manolo lui remit également ses papiers.

Le soldat retourna dans son kiosque et consulta son ordinateur. Livia se tourna vers Manolo qui lui fit signe de se taire. Elle tenta de se calmer en ne pensant pas au pire scénario. Si elle se faisait arrêter, le capitaine pourrait certainement dire un mot en sa faveur, admettre que les accusations contre elle étaient un coup monté.

Elle allait être malade. Le capitaine lui avait affirmé qu'il ne pourrait rien contre elle, que les drones de l'homme derrière l'enlèvement de son père se retrouvaient partout et qu'ils donneraient l'alerte au moindre doute sur son identité.

Pourtant, c'est ce qu'elle avait été prête à faire en visitant Conrad dans sa prison. Elle avait voulu se retrouver devant celui qui avait obligé son père à mentir et à se cacher pendant près de cinq ans, qui l'avait forcé à développer la toxine qui tuerait encore beaucoup de gens avant que l'antidote ne soit prêt. Elle voulait voir son visage, savoir qui il était et pourquoi il avait fait cela.

Au campement, elle avait pris l'arme dans la perspective de sortir de sa conversation avec le faux Conrad, Ryan, avec en main la localisation de l'homme et le tuer. Elle n'avait pas pensé aux détails, seulement à son but.

« Canadienne? » Livia sursauta, la sueur coulant le long de son dos. Elle hocha la tête. Il la compara à sa photo de passeport.

« Où aller? »

« À l'aéroport. »

« Vous de venir où? » Livia hésita, ne comprenant pas immédiatement sa question.

« Kiralis. »

« Pourquoi? »

« Touriste. »

« Dangereux. Pas touriste. » Il jeta un coup d'oeil à l'intérieur du camion avant de remettre les papiers à Roberto et Manolo, mais retourna à l'intérieur avec son passeport.

« Qu'est-ce qui se passe? » Manolo ne lui répondit pas et attira l'attention d'un des soldats qui avaient terminé de vérifier la voiture. Ils échangèrent des paroles avant que le soldat rejoigne son collègue à l'intérieur du kiosque. Livia se tourna vers Manolo. Il semblait inquiet. « Qu'est-ce qui se passe? »

« Ils ne trouvent pas de traces de votre passage à l'extérieur de la capitale. »

« Et ça veut dire quoi? »

« Que les hommes du capitaine n'ont pas fait leur travail, ou qu'il y avait une taupe. » Livia avala difficilement sa salive. Le soldat gardait son attention sur elle en parlant au téléphone, son passeport en main.

« On ne peut pas juste partir d'ici? » Il rit et Livia se détendit légèrement.

« Mevil m'avait avertie que la fuite était l'une de vos tactiques préférées pour vous sortir d'un problème. Il m'avait conseillé d'utiliser de la corde. » Il redevint sérieux. « Ce n'est pas la meilleure solution. » Livia se tourna vers lui en plissant les yeux.

« Je préfère fuir que de me retrouver à croupir dans une de vos prisons pour un crime que je n'ai pas commis. » Il posa son doigt sur ses lèvres et Livia se tut. Le soldat revenait, son arme sortit.

« Sortez. » Livia se tourna vers Manolo qui ouvrit sa porte sans argumenter. L'arme pointée sur elle, elle n'eut d'autres choix que de sortir à son tour. Manolo parla rapidement en nurésien, mais le soldat ne broncha pas. Les deux autres soldats sortirent également leur arme et la pointèrent sur Livia. Elle se tourna vers Manolo, un début de panique dans sa voix.

« Qu'est-ce que ça veut dire? » Manolo l'ignora et parla au soldat. Sur un ordre de celui-ci, Manolo recula d'un pas, les mains devant lui.

« À genoux! » Livia se retrouva à genoux sur le pavé.

« Manolo! » Sa respiration s'accéléra, son coeur palpitait.

« Quelqu'un leur a dit votre identité. Vous êtes arrêté pour la disparition de Conrad. »

« Mais le vrai Conrad est mort... le faux aussi d'ailleurs, mais Ryan n'a jamais vraiment disparu! »

« Mort? » Livia se mordit la lèvre en voyant l'expression sur le visage de Manolo. Le soldat n'était pas habile avec la langue française, mais il comprenait certains mots. Ceux qu'il était facile d'interpréter hors de leur contexte. Elle secoua la tête.

« Non! » Manolo fut projeté au sol près de Livia. Roberto fut tiré hors du camion et il se retrouva près d'eux. Les soldats attachèrent leurs mains derrière leur dos. Deux fourgonnettes vertes s'approchèrent en grondant. Elles s'arrêtèrent devant eux.

« Manolo? » Il secoua la tête.

« Tout va bien aller. Coopérez et tout va bien aller. » Il semblait se répéter cette phrase à lui-même pour s'en convaincre.

« Qu'est-ce qu'ils vont faire de nous? » Il tourna un regard vide vers elle. Livia eut un moment de recul.

« Vous êtes recherchée, et nous sommes vos complices. Vous pouvez imaginer le reste. »

« Vous n'en savez rien? » Il secoua la tête. La porte arrière de l'une des fourgonnettes s'ouvrit pour laisser sortir trois soldats. Ils échangèrent des paroles avec les soldats du poste avant de se diriger vers eux. Deux d'entre eux attrapèrent Roberto et Manolo qui se laissèrent embarquer dans la fourgonnette. Les portes se refermèrent derrière eux et le véhicule se mit en route.

« Hey! Où est-ce que vous les emmenez? »

« Je m'inquièterais plutôt de votre sort, mademoiselle Livia... » Livia reconnaissait la voix. Elle l'avait entendu récemment. Elle tenta de se tourner, mais elle fut forcée par un coup derrière la tête de regarder droit devant elle.

« Mais c'est quoi votre fantasme de toujours en vouloir à ma tête? »

« Qui est très jolie, d'ailleurs. » Livia fronça les sourcils, mais n'osa faire de mouvements. « Comme c'est intéressant de vous retrouver ici. Vous essayez de fuir le pays? »

« Vous me connaissez? » Il rit.

« Embarquez. » Manolo se leva et se dirigea vers le deuxième véhicule. Livia ne bougea pas, paralysée au sol.

« Détachez-nous, on n'a rien fait. »

« Je ne voudrais pas vous perdre. » Livia était plus exaspérée que paniquée.

« Qui êtes-vous? » Il lui attrapa le bras et la poussa vers le camion. Livia avait une impression de déjà-vu. Elle regarda autour d'elle, désespérée de trouver un moyen de s'en sortir, mais dut se rendre à l'évidence qu'elle ne pouvait rien contre les militaires.

« Voyons, vous ne me reconnaissez pas? Je n'arrête pas de tenter de vous sortir du pétrin. » Elle résista à sa poigne, mais il n'eut aucun problème à la faire disparaître dans le camion. « Maintenant, vous allez être gentille et faire ce qu'on vous dit. Après tout, c'est pour vous que nous sommes ici... » L'odeur de cigarette emplissait l'espace clos.

Livia refusa d'être à nouveau trimballée comme un vulgaire paquet. Elle se leva, mais la porte s'était déjà refermée et le soldat se tourna vers elle. Paolo.

Chapitre 24

« J'aurais dû m'en douter. »

« Vous venez de nous rendre les choses beaucoup trop faciles, je comptais un peu sur une rébellion, des cris, des coups de pieds. Vous avez été aussi manipulable que votre père. »

« Ne mêlez pas mon père à cette histoire. Laissez-moi partir. »

« Pas si vite. Nous en savons beaucoup sur la raison officielle de votre présence dans ce pays, mais nous avons encore beaucoup de questions. Vous n'êtes pas aussi idiote que vous tentez de le faire voir, nous voulons savoir pourquoi votre père compte autant sur vous. » La tentation de lui cracher au visage et de lui dire d'aller se faire foutre était forte, mais Livia se contint et évita son regard.

« Où allons-nous? »

« C'est une surprise. » Livia tenta de se mettre à l'aise malgré les bancs de plastique durs et les murs de métal.

« J'ai entendu dire que j'étais recherchée pour la disparition de Conrad, mais on sait tous que c'est un coup monté. » Il haussa les épaules et sortit un canif de sa poche. Il l'ouvrait et le refermait machinalement, hypnotisant Livia.

« Est-ce vraiment une question? »

« Qu'est-ce que vous me voulez? » Il s'arrêta et la regarda droit dans les yeux.

« Mais vous! Nous commencions à nous inquiéter de votre disparition. Heureusement, nous avons été mis au courant de votre plan pour sortir du pays. Il fut très facile de vous retrouver. De plus, votre père nous a raconté une histoire très intéressante sur vous. »

« Sur moi? »

« Nous voulons en savoir plus sur la toxine. » Elle rit.

« C'est mon père qui travaillait sur la toxine. Et à voir comment vous l'avez utilisé jusqu'à présent, je ne crois pas que vous ayez besoin d'en savoir plus. »

« Votre père nous a parlé de l'antidote. »

« Mais je n'ai rien fait! Pourquoi m'avoir enlevée? Il semblerait que ce soit une coutume dans ce pays, mais ça devient fatigant à la longue. »

« J'aime votre façon de tourner toutes les situations en dérision. Comme si vous ne vouliez pas faire face au danger. À votre place, je ne me montrerais pas si brave, je pourrais vous tuer maintenant... » Il laissa tomber son canif et sortit un fusil qu'il appuya contre le front de la jeune fille. Livia recula, mais le canon froid la suivit. Elle avala péniblement avant de répondre.

« Ce n'est pas de la bravade. C'est ma façon d'avoir des réponses. Et si vous pouviez éloigner votre jouet de ma tête, ce serait très apprécié. Quelqu'un pourrait se faire mal. »

« Vous le faites encore. Vous êtes incorrigible et je ne comprends pas ce que Mevil peut trouver d'attirant chez vous. » Son regard glissa le long de son corps. « À l'exception de votre corps, bien sûr. Mais vous ne savez pas tenir votre place. C'est dommage que vous déteniez le secret de l'antidote, je vous montrerais ce qu'on fait des femmes dans ce pays. »

Livia ne releva pas sa remarque. Son attention était attirée par le fusil, par le doigt tout près de la gâchette. Après quelques secondes qui lui parurent des heures, il rangea son arme.

« Vous devriez penser à rester en vie plutôt que d'attirer tous les malheurs sur vous. » Livia lécha ses lèvres sèches.

« C'est vous qui avez attaqué ces gens, je n'y suis pour rien. »

« Vous êtes la victime? Vous vous en sortez bien. » Livia évita de le regarder, elle avait trop de questions. Paolo appuya sa tête contre ses mains croisées et la fixa.

Livia était mal à l'aise sous son attention, surtout après ses commentaires. Elle regarda autour d'elle, mais il n'y avait rien d'intéressant. Seulement du métal et des vitres couvertes par un tissu noir. La porte ne semblait pas être verrouillée par un mécanisme particulier, mais Paolo se trouvait entre elle et la porte.

Les menottes coupaient la circulation dans ses mains. Elle tenta de relâcher la pression, sans succès. Paolo rit.

« Même si tu réussis à les détacher, tu ne pourras pas aller très loin. »

« Tiens, on a perdu le vouvoiement maintenant? » Elle continua de travailler sur les menottes. Elle devait retrouver l'utilisation de ses doigts si elle voulait avoir la moindre chance de s'en sortir. Et de garder ses doigts en fin de journée.

« Tu es notre prisonnière. »

« Je n'avais pas remarqué, tiens. »

« Qu'est-ce que tu essaies de prouver? » Elle haussa les épaules.

« Que je ne m'en laisse pas imposer malgré toutes les armes que j'ai pu voir dans les derniers jours. C'est impressionnant, est-ce que vous avez besoin de permis pour en posséder dans ce pays? Parce que c'est dangereux, l'utilisation que vous en faites. Vous croyez que je pourrais en avoir une? Il me semble que ça pourrait m'être utile. »

« Avec la guerre civile et les terroristes... » Il lui sourit. « On n'est jamais trop prudent. » En soupirant, Livia tourna son dos vers Paolo.

« Puisque je ne peux pas m'échapper, est-ce qu'on pourrait se débarrasser de ça? Je vais perdre mes doigts! » Paolo ne broncha pas. Livia se fit plus insistante. « Sans blague, est-ce que j'ai montré une seule fois que j'étais capable de me débrouiller toute seule dans ce pays? » Livia sursauta lorsqu'il reprit son canif.

« Approche. » Livia n'aimait pas son sourire. Elle avait bien envie de changer d'avis et de garder ses menottes, au risque de perdre l'utilisation de ses mains. Il lui fit signe d'approcher. « Fais-moi confiance. » Mue par une force inconnue, Livia lui obéit et s'approcha de lui. Surprise, Livia resta immobile devant lui. « Ce n'est pas comme ça que je peux t'aider. Tourne-toi. » Livia se tourna et elle se retrouva libre en peu de temps. Elle frissonna de dégoût lorsque la main de Paolo lui effleura le bas du dos, mais ne dit rien. Elle sentait déjà ses mains enfler grâce au surplus de sang qui s'y acheminait subitement.

Malgré les mouvements brusques du camion, elle resta debout.

« Qu'est-ce que ça veut dire? Qu'est-ce que vous m'avez

fait? » Il haussa les épaules.

« Je ne vois pas de quoi tu parles. »

« Ryan m'a confirmé que vous m'aviez droguée, mais je me suis toujours demandé pourquoi? » Il croisa les bras sur son torse.

« Et est-ce que tu es arrivée à une conclusion? »

« Qu'est-ce que c'était? Une substance pour induire des suggestions dans mon cerveau? »

« Je ne sauterais pas aussi rapidement aux conclusions, tu n'as aucune preuve. » Elle ne démordait pas de son idée.

« Dans quel but? » Son regard se fit plus dur.

« Arrêtes tes questions, elles m'ennuient. »

« J'avais raison. Vous m'avez utilisée pour approcher mon père, c'est pour ça que vous n'avez pas trop argumenté quand Mevil est arrivé. Vous ne vouliez pas qu'il sache la vérité. Dommage pour vous qu'à ce moment vous aviez cru que les réponses étaient entre les mains de mon père. Qu'est-ce que vous avez fait à ma tête? »

« Rien qui n'était pas nécessaire. »

« Enfoiré. » Elle s'élança vers la porte et dans sa hâte, mania gauchement le mécanisme de verrouillage. Paolo se leva et la repoussa. Livia le frappa dans le bas du ventre avant de retourner à la porte. Elle ne l'atteignit pas.

Paolo tira ses jambes, la retourna sur son dos et s'assied à califourchon sur elle, son canif contre sa gorge. Livia cessa de respirer, effrayée.

« Combien de fois? Combien de fois vas-tu tenter de t'échapper? On a plus d'expérience dans ce domaine que toi, abandonne. »

« Non! Pas après ce que vous avez obligé mon père à faire! »

« Tu n'as pas le choix. » Il pencha la tête vers elle, son souffle chaud sur la peau nue de son cou. Livia tourna la tête pour ne pas supporter son regard. « Tu es belle en colère. »

« Ne me touche pas! » Elle poussa son torse et tenta de se relever. Son rire cruel redoubla son ardeur.

« Je peux faire ce que je veux avec toi. Pourvu que tu puisses encore être utile à mon patron. »

« Tu me dégoutes! » Livia cria lorsqu'il planta son canif dans son épaule.

« Je n'aime pas lorsqu'on me parle ainsi. » Livia attrapa le manche du canif de sa main droite, mais Paolo appuyait sur le pommeau, rendant ses efforts inutiles. Elle laissa tomber son bras sur le sol du camion. « La prochaine fois, je pourrais me montrer moins magnanime. » Livia croisa son regard moqueur et serra les dents.

« Va te faire foutre. » Toute la haine qu'elle ressentait envers lui, envers Conrad et le maitre des marionnettes passa dans ces quelques mots.

Paolo tourna lentement le canif dans la plaie. Livia cria à nouveau et se débattit sous le poids de Paolo. Celui-ci attrapa ses poignets dans une main et les plaqua contre le sol au-dessus de sa tête. La respiration de Livia s'accéléra sous la douleur du canif.

« Comptes-toi chanceuse que ce ne soit pas Ryan, il s'est montré particulièrement patient avec toi. On a tous été surpris qu'il n'ait pas tenté de te mettre dans son lit. » De sa main libre, il lui caressa le visage. Livia tourna la tête, sans succès. « Une peau si douce... il a toujours aimé les brunettes aux yeux bleus, je comprends pourquoi il a voulu cette mission. Bien sûr, tu as les yeux gris, mais c'est si proche... » Sa main glissa le long de son cou. Horrifiée, Livia lui cracha au visage lorsqu'il toucha à sa chemise. Il essuya lentement son visage. « Tu n'aurais pas dû faire ça... » Il sourit en se relevant. Un sourire cruel. « Ne t'en fais pas, je n'ai aucune envie de toi. J'espère seulement que ce que le patron te prépare sera à la hauteur de ton attitude de femme blanche qui croit que le reste du monde doit s'agenouiller devant elle. »

Le camion s'immobilisa et les portes s'ouvrirent derrière elle. Paolo sortit, sans se préoccuper d'elle.

Livia se tourna pour voir les hommes qui l'observaient sans montrer la moindre émotion. Péniblement, elle s'assied, sera les dents, enleva le canif de son épaule et le laissa tomber à l'extérieur du camion. Elle pressa sa main sur la plaie. Elle sentait le sang couler entre ses doigts. Elle avait froid, elle était fatiguée.

Un homme aux yeux pers lui tendit une main pour l'aider à descendre du camion. Elle hésita. Paolo avait disparu, mais elle s'attendait à le voir surgir devant elle d'un moment à l'autre.

« Nous ne vous voulons aucun mal. »

« Facile à dire. » Sa respiration était haletante et sa voix tremblait.

« Faites-nous confiance. »

« Après Ryan et Paolo, je ne vois pas comment je pourrais vous croire. » Il sourit. Livia refusa de bouger. Il pointa son épaule.

« Vous risquez d'avoir une infection. » Livia resta assise contre le mur du camion. Elle sentait la nausée lui monter à la gorge. Elle se força à respirer profondément pour chasser son malaise et les étoiles qui menaçaient de couvrir son champ de vision. Elle ne savait pas où elle en était, mais elle savait qu'en les suivant, elle aurait des réponses. Et peut-être pourrait-elle les empêcher d'attaquer d'autres innocents.

« Vous avez tué beaucoup de personnes. » Son sourire s'effaça.

« Ne vous préoccupez pas de cela. » Livia se leva lentement et accepta son aide pour descendre de l'arrière de la fourgonnette. Le sang lui monta à la tête et elle sentit l'homme l'attraper avant qu'elle ne touche le sol.

Chapitre 25

Livia ouvrit péniblement les yeux. Elle ne savait pas depuis combien de temps elle était inconsciente, mais elle avait un mal de crâne, faim, soif et son corps ne cessait de trembler comme une feuille. Pourtant, elle n'avait pas froid.

Elle avait à nouveau les mains attachées dans son dos, des liens autour de ses chevilles, couchée au sol sur une natte de paille. Elle se tortilla pour passer ses mains sous ses jambes, mais les liens étaient trop serrés et l'élancement dans son épaule lui rappelait sa blessure. Quelqu'un avait changé sa chemise ensanglantée pour un gilet trop grand pour elle.

« Il y a quelqu'un? » Personne ne lui répondit. Elle roula sur elle-même et utilisa le mur pour se redresser. Un moment étourdie, elle ferma les yeux et contrôla sa respiration. Ce n'était pas le moment de se montrer faible ou de paniquer.

Elle était dans une cellule qui ne comportait aucune fenêtre et seulement une porte de métal. À l'exception de la natte, la pièce était vide.

« Youhou! Je suis ici! Je suis réveillée! Vous avez l'intention de me garder ici encore longtemps? » Elle arrêta de crier en entendant des bruits de pas dans le corridor. La porte s'ouvrit pour laisser entrer Paolo. Sans le vouloir, elle se recroquevilla sur elle-même, mais il ne l'approcha pas. Elle remarqua les deux hommes qui l'accompagnaient et soupira de soulagement.

« Quelle est la suite du programme? On rencontre finalement le grand boss, on se serre la main, et on me laisse partir? » Paolo fit signe à un des hommes qui s'avança vers elle avec un couteau en main. Appréhensive, Livia le regarda se pencher devant elle et couper les cordes autour de ses chevilles.

« Vous pouvez marcher? » La question de Paolo sonnait comme un ordre. Elle hocha la tête et se leva en refusant l'aide de l'homme. Docilement, elle suivit les hommes à l'extérieur de sa cellule. Il n'y avait qu'un long corridor de ciment peint en blanc et des portes de métal d'un côté et de l'autre. Aucun son ne provenait de ce qu'elle jugeait être des salles semblables à celle qu'elle venait de quitter.

« J'ai faim. »

« Tais-toi. » À son ton sévère, Livia préféra garder le silence. Au bout du corridor, Paolo poussa une porte avant de s'engager à droite dans un nouveau corridor. Le sol changea de ciment à céramique, les portes étaient en bois et plusieurs corridors surgissaient de part et d'autre. Après avoir tourné suffisamment pour que Livia ne sache plus dans quelle direction était sa cellule, ils s'arrêtèrent devant une porte de bois qui ne semblait pas différente des autres.

Paolo frappa un coup et l'ouvrit. Il poussa Livia à l'intérieur et referma la porte sur les deux gardes.

« Paolo! Mademoiselle Livia! » Un petit homme à la peau d'albâtre et aux cheveux vagués blonds était assis derrière un bureau d'acajou sur lequel était posé un écran, un clavier et un cadre que Livia ne parvenait pas à en voir l'image. L'homme gardait les mains croisées sous son menton, un sourire penseur aux lèvres. Derrière lui, plusieurs écrans éteints couvraient la totalité du mur. Des bibelots grecs et romains étaient placés sur les étagères des deux murs perpendiculaires. L'homme se leva et l'invita à s'asseoir sur l'un des deux fauteuils de velours rouge placés devant le bureau. Un tapis persan rouge étendu sur le sol complétait l'apparence éclectique de la pièce. Il fit signe à Paolo de quitter la pièce, ce qu'il fit visiblement à contrecoeur.

« Vous avez l'avantage, vous connaissez mon nom. Vous pouvez me détacher maintenant. » L'homme secoua lentement la tête. Sous son regard, Livia avait l'impression d'être une enfant grondée à qui on donne de son précieux temps.

« Mon nom n'est pas important. »

« Parfait, alors je vais vous appeler l'imbécile-qui-m'a-kidnappé-et-rendu-ma-vie-impossible. Ça vous va? » Il fronça les sourcils, mais garda une aura de patience qui la rendait mal à l'aise.

« Si vous insistez pour m'affubler d'un sobriquet lourd et sans la moindre poésie, permettez-moi humblement de vous demander d'utiliser un nom plus soigné... » Il souriait toujours, suffisant.

« Celui-qui-m'énerve? »

« Je pensais à Michel. »

« Ok, Michel, qu'est-ce que je fais ici. » Il soupira.

« J'osais croire que cela serait évident. »

« J'aime lorsque les choses me sont expliquées. »

« Votre père vous a confié un objet qui m'appartient. J'aimerais bien le récupérer. »

« Même si je savais de quoi vous parlez, je ne pourrais rien faire. J'ai les mains attachées. »

« Très amusant. Les gens ont cette fâcheuse habitude de ne comprendre que la signification superficielle des mots. Ne me faites pas douter de votre intelligence. » Livia refusa de répondre. « Vous me décevez. » Il ouvrit un tiroir de son bureau et en sortit une manette. Il se tourna ensuite vers les écrans et alluma un téléviseur. Livia dut froncer les sourcils pour reconnaître l'homme accroupi dans un coin de cellule.

« Papa! » Elle se leva, mais la main de Paolo sur son épaule blessée la força à s'asseoir en grimaçant.

« Je pourrais oublier votre petit mensonge, si vous collaborez. »

« Sinon quoi? »

« Votre père. Il ne vous a pas confié cet objet sans s'être préalablement assuré que vous sauriez quoi en faire. Il avait besoin d'une relève, d'une personne en qui il pouvait mettre toute sa confiance pour terminer ce qu'il avait commencé sous ma direction. »

« J'avais raison, c'est vous qui êtes responsable de tous ces morts! » Il sourit tristement.

« Des victimes de la guerre. »

« Quelle guerre? Je croyais qu'elle était terminée depuis une dizaine d'années ou quelque chose du genre? » Il se leva et s'approcha de l'écran allumé.

« Vous êtes trop naïve pour comprendre. »

« Essayez au moins. Je n'ai rien de mieux à faire pour le moment. » Il soupira, le regard fixé sur l'image de son père.

« Charles est un brillant scientifique, mais il a toujours manqué d'ambition pour ses recherches. Il ne voyait pas qu'il pouvait faire plus, qu'il pouvait aider l'humanité à atteindre un autre niveau d'existence. » Il revint s'asseoir à la table.

« Lorsque je l'ai rencontré, lors de la guerre, il n'était intéressé qu'à développer de nouvelles souches de culture. Il croyait pouvoir fournir des plantes qui sauraient satisfaire aux besoins nutritifs de la population mondiale, à peu de frais. Un idéaliste qui n'avait aucune idée des réalités de la Terre.

Il ne voyait pas que le problème fondamental est le surpeuplement. Devoir forcer la nature à nourrir tous ces gens n'aiderait qu'à court terme. Les gens se sentiraient en sécurité et la population augmenterait de façon dramatique. Des guerres se déclencheraient pour le contrôle de la terre, ces cultures salvatrices tomberaient entre les mains de gens qui ne voudraient qu'en tirer un profit. Je ne pouvais pas le laisser continuer sur cette voie. »

« C'est pour ça que vous l'avez enlevé? Pour l'empêcher d'aider les gens à se nourrir? » Elle renifla de mépris.

« Vous me jugez, mais vous devriez regarder votre propre cheminement. Toutes vos actions ont été prises sur une base purement émotionnelle, sans réfléchir aux conséquences sur vous-mêmes ou sur les personnes vous entourant. »

« Je ne suis pas comme vous, je n'ai tué personne! »

« Ah non? Peut-être n'avez-vous jamais senti le poids d'une arme entre vos mains, mais vous êtes responsables de quelques morts. Conrad, Guy et Ryan. » Livia serra les lèvres. Elle ne voulait pas jouer à son jeu. Elle n'avait pas voulu la mort de Ryan. Elle n'avait pas eu de conversation avec Guy ou son fils depuis la disparition de Charles. Personne ne pouvait la juger sur ces morts. Michel reprit. « J'ai élaboré ce plan d'une façon très logique. J'ai pensé à toutes les données, aux conséquences, au futur, au passé. Je n'ai rien laissé au hasard. » Elle eut un rire moqueur.

« C'était logique de tuer tous ces villageois? »

« Oui. Nous devions faire des tests sur le mode de propagation, sur la durée de vie de la toxine dans l'air et l'environnement. Votre père s'est enfui, dicté par ses émotions, avant d'avoir perfectionné la toxine. »

« Bien sûr qu'il a suivi ses émotions! Il ne voulait pas être responsable d'un carnage. »

« Un carnage... » Il semblait songeur. « Vous êtes libre de le voir ainsi... » Il se tut et le silence devint rapidement trop lourd pour Livia.

« Alors, pourquoi suis-je ici? Pourquoi est-ce que mon père est là? »

« Il a été affecté par la toxine. C'est dommage, car il nous aurait été utile pour la prochaine étape. »

« Qui est? » Livia retint son souffle, incertaine de vouloir entendre la suite. Il sourit.

« Ce ne serait pas aussi amusant si vous obteniez toutes les réponses à vos questions sans travailler pour les obtenir. » Il pointa l'écran derrière lui. « Votre père nous a avoué que ce qu'il vous a confié vous a permis de créer un antidote, un vaccin si vous voulez, pour contrer cette toxine. » Livia secoua lentement la tête.

« Il a mis trop d'espoir en moi. Je ne suis pas une biologiste, je ne connais rien à la fabrication d'anti-truc-machin. Je fais pousser des plantes, je les mélange à du thé et je les vends pour beaucoup plus cher qu'elles ne m'ont coûté. »

« Vous avez l'antidote. Votre père pourra vous servir de cobaye pour le tester. »

Il appuya sur un bouton sur le côté de son bureau, la porte s'ouvrit et laissa entrer Paolo. Il se dirigea vers elle et la força à se relever.

« Pourquoi? Qu'est-ce que vous voulez faire? » Il soupira.

« Je croyais être suffisamment clair. La toxine que mon bon ami Charles a développée permet d'éliminer proprement les gens affectés. Après quelques heures, la toxine se transforme en une substance totalement inoffensive. Une bombe atomique sans les effets à long terme. »

« Vous voulez réduire le nombre de personnes sur Terre en les tuant tous? » Livia ne pouvait croire que l'homme calme et paisible devant elle pouvait penser qu'il s'agissait de la façon la plus logique de régler les problèmes de surpopulation dans le monde.

Il croisa les doigts sous son menton, son regard froid contrastant avec sa prose violette.

« C'est là que vos talents entrent dans la balance. Nous ne voulons pas éliminer toutes les personnes. Nous voulons contrôler, réduire la population dans les endroits risqués, tout en protégeant ceux qui pourraient être utiles au prolongement de notre civilisation. Nous voulons préserver l'humanité, pour les générations futures. »

« Une sélection. Vous êtes malade! Je n'embarque pas! Laissez-moi partir! »

« Malheureusement, cette décision n'est pas entre vos mains. Vous avez l'antidote, je veux l'avoir et je ferai tout en mon possible pour l'obtenir. »

« Si je refuse, qu'est-ce que vous allez faire? » Il haussa les épaules.

« Nous avons déjà votre père et votre amie Rosalia pourrait venir le rejoindre. Je suis certain que vous ne voulez pas être responsable de leur mort. » Il fit un signe à Paolo. Celui-ci la poussa vers la porte. Livia se défit de sa poigne et se tourna vers l'écran.

Son père remuait péniblement, sa respiration difficile. Elle voulait l'aider et elle aurait pu admettre à l'homme qu'elle était elle-même l'antidote. Elle ferma les yeux. Elle ne pouvait choisir sa famille aux dépens de plusieurs milliers de personnes, peut-être même millions. Pour le seul plaisir d'un mégalomane.

« Non. Je refuse. »

« Que vous collaboriez ou non avec nous, que nous développions ou non l'antidote, le contrôle de la population aura lieu. Cela prendra plus de temps pour protéger ceux qui doivent survivre au fléau qui s'abattra sur eux, mais nous relâcherons la toxine. Bientôt. »

« Vous n'avez pas le droit de décider du sort de la planète par vous-même! » Il soupira, patient.

« Encore une fois, vous montrez votre incapacité à prendre une décision sans impliquer vos émotions. Ce sont ces mêmes émotions qui ont causé les guerres pour les ressources disponibles. »

« Il y a toujours eu des guerres, même avant qu'il y ait un problème de surpopulation. »

« Ils n'étaient pas suffisamment évolués pour différencier les émotions de ce qui doit être fait pour le bien du plus grand nombre. Au mieux, ils pensaient comment vous. Ils croyaient que de sauver tout le monde était la seule chose moralement bien. Cela est impraticable, cela devrait être fait aux dépens de la survie de l'humanité. En écumant ce qui ne va pas avec notre société, nous avons une chance de sauver la race humaine. »

« Ce n'est pas à vous de choisir qui doit mourir et qui peut vivre. » Il croisa les bras et s'appuya contre le dossier de sa chaise.

« Dites-moi, à qui voudriez-vous confier cette tâche? À une personne comme Juan Verano, un homme qui est directement responsable de la guerre qui a affligé ce pays? » Livia haussa les épaules.

« Ça revient à la même chose, non? Vous ne bronchez pas à tuer des gens pour parvenir à votre but. »

« Il le fait par égoïsme, je le fais pour sauver l'humanité. Pour nous donner une chance d'évoluer vers une meilleure société. »

« Ça ne change rien au crime. De toute façon, il n'est pas de votre côté? »

« Il a collaboré avec nous, mais nous nous sommes séparés par... divergence créative. » Livia sourit tristement.

« Comment tuer le plus efficacement? L'un avec des bombes et une guerre, l'autre avec une toxine. Qu'est-ce que vous allez faire lorsque les gens vont se rendre compte de ce qui se passe? Les gens vont paniquer, il va y avoir des guerres. »

« Vous n'êtes pas raisonnable, vous vous montrez impossible. Paolo, montrez-lui ses quartiers et laissez-la réfléchir. Mademoiselle Livia, j'espère que vous réaliserez qu'en collaborant avec nous, vous ferez partie d'un projet plus grand que vous. Vous serez une héroïne. » Livia pouffa de rire.

« Je ne changerai pas d'idée. Et je ne veux pas être une héroïne dans votre société utopique. Je préfère faire tout en mon possible pour vous mettre les bâtons dans les roues. »

« Une dernière chose. » Elle soutint son regard.

« J'écoute. »

« Je connais votre petit secret. Malheureusement, à cause de celui-ci, je dois vous maintenir en vie. » Livia fronça les sourcils.

« Quel secret? » Livia recula à son sourire rempli de satisfaction.

« Malgré toutes vos précautions, vous êtes toujours aussi

naïve. J'admire cette qualité, mais elle n'est pas très utile dans notre monde. Ne vous inquiétez plus de rien, je vais vous protéger. Vous êtes précieuse et grâce à vous, nous pourrons répandre la bonne nouvelle au monde entier très bientôt. »

Avant qu'elle n'ait pu répliquer, des coups de feu se firent entendre dans le corridor derrière eux.

Chapitre 26

Les traits sur le visage de Michel se crispèrent. L'homme tira le clavier vers lui et enfonça un bouton. Tous les écrans derrière lui s'allumèrent en même temps et Livia sourit en voyant des militaires prendre d'assaut des laboratoires, entrer dans des cellules, forcer le personnel de Michel à se mettre à genoux, les mains sur la tête.

Cependant, son sourire s'effaça en voyant des gens étendus sur le sol, visiblement morts, dans ce qui semblait être l'entrée du bâtiment. Autant elle était contente de voir les militaires s'en prendre à l'organisation de Michel, et peut-être de l'arrêter dans ses projets de tuer la plus grande partie de la population, autant elle regrettait qu'ils doivent le faire dans la violence, prouvant le point de Michel.

« Va me chercher Charles! » Livia resta seule avec Michel alors que Paolo courut à l'extérieur de la pièce. La porte se referma derrière lui. Livia regarda autour d'elle, à la recherche d'un objet coupant pour défaire les cordes qui la retenaient et ensuite d'une arme. Malgré la quantité de bibelots dans la pièce, il ne semblait rien y avoir pour l'aider dans l'immédiat.

« Qu'est-ce que vous allez faire? » Michel détourna son attention des écrans pour regarder Livia avec un regard vidé de toute émotion. Il sourit.

« Je savais que cela pouvait arriver d'un moment à l'autre. Ne vous en faites pas, même si on m'arrête, mon projet ne mourra pas. » Livia s'approcha de lui et il plissa les yeux. « Restez où vous êtes. » Ce fut au tour de Livia de sourire.

« Vous avez peur de moi? Comme c'est chou. » Elle lui montra ses mains toujours attachées derrière son dos. « Malheureusement pour moi, vous n'avez aucune raison de me craindre. » Il sembla se détendre et tapa à l'ordinateur. « Mais ce serait gentil si vous pouviez me détacher. Quand ils vont arriver ici, » elle pointa vers les écrans, « j'aimerais avoir une chance de rester en vie. Avec les mains comme ça, je suis très peu mobile. » Il haussa les épaules.

« Ils ne parviendront pas jusqu'à cette pièce. Mes hommes savent ce qu'ils doivent faire. »

« Quoi donc? » Il leva la tête de son écran. Livia recula, effrayée.

« Répandre la toxine dans le complexe. »

« Mais il n'y a pas d'antidote, tout le monde va mourir! » Il rit.

« Vous êtes soit très naïve, idiote ou lente à comprendre. » Il retourna à son ordinateur. Les images sur les écrans derrière lui changèrent, suivant la progression de certains groupes de militaires.

« Depuis la disparition de mon père, grâce à vous, je n'ai pas eu beaucoup d'interaction avec les gens. Je suis une solitaire et je n'ai pas la chance d'analyser les gens. Essayez. »

« Vous êtes la source de l'antidote. Votre sang. Il ne me reste qu'à savoir comment... » Livia se laissa tomber sur la chaise, horrifiée.

« Vous avez développé l'antidote. » Il frappa lentement ses mains.

« Bravo. Maintenant, vous allez voir la toxine à l'oeuvre. Je suis certaine que vous êtes curieuse de voir, en direct, ce dont votre père est responsable. »

« Je préfèrerais rester dans l'ignorance. »

« Trop tard, vous avez accepté de venir en Nurésie. »

La porte s'ouvrit avec fracas et Paolo se précipita dans la pièce. Derrière lui, le bruit des armes à feu se rapprochait.

« Ils ont trouvé Charles. » Les sourcils de Michel se rencontrèrent. « Leur troupe d'assaut va arriver ici d'un moment à l'autre. » Michel se tourna vers les écrans derrière lui.

« Pourquoi est-ce que je n'ai pas été prévenu? Est-ce que la toxine a été relâchée? » Paolo secoua la tête.

Une déflagration fit trembler toute la pièce et plusieurs bibelots se retrouvèrent au sol, ainsi que le cadre qui était posé sur le bureau quelques secondes auparavant. Michel s'étant intuitivement penché sous son bureau et Paolo ouvrit la porte. Il était accompagné de l'homme qui l'avait aidé à sortir du camion.

Sans un mot, il se plaça derrière Michel.

Les débris du cadre gisaient à ses pieds. Il avait contenu un miroir. Sous le couvert d'une autre explosion, Livia se laissa tomber au sol et tâta à la recherche du miroir. Elle ramassa maladroitement un morceau acéré dans ses mains liées.

« Qu'est-ce que vous faites? » Une troisième déflagration craquela le plafond et une fine poussière tomba sur eux. Livia toussa.

« J'essaie de rester en vie! Tout va s'écrouler! »

« Asseyez-vous! » Elle obéit, le morceau dans ses mains.

« Paolo! Relâche la toxine! » Paolo se dirigea vers une des peintures sur le mur et la décrocha. Derrière, un coffre-fort. Sans hésitation, il l'ouvrit et en retira trois fioles.

« NON! » Livia sentait la panique lui serrer la poitrine. Elle ne pouvait pas le laisser tuer tout le monde dans le complexe. Michel rit alors que Paolo ne lui jeta pas un coup d'oeil.

« Ne vous inquiétez pas pour nous, nous sommes bien protégés grâce à vous. » Livia tourna la tête vers les écrans et chercha désespérément à voir ce qui se passait. Toutes les images étaient figées. Michel remarqua les mouvements frénétiques de ses yeux et regarda à son tour. « Ils sont dans notre système. Paolo! » Avec un hochement de la tête sec, Paolo les laissa.

« Qu'est-ce que vous allez faire une fois tout le monde mort? »

« Mon plan va se remettre en place et je n'aurai pas besoin d'alerter immédiatement les autres cellules de notre organisation. »

Livia serrait le morceau de miroir dans ses mains. Elle l'aligna avec les cordes et tenta de les scier en bougeant le moins possible. Elle ne devait pas alerter Michel.

Elle sentait le miroir s'enfoncer dans ses paumes, mais elle continua malgré la douleur. Les dents serrées, elle ne relâcha le miroir que lorsqu'elle sentit les liens se relâcher. Elle se contrôla pour ne pas laisser échapper un cri de victoire lorsque ses mains furent libérées.

Lentement, elle bougea ses poignets. Ses épaules lui faisaient mal, ses poignets étaient en feu. Elle devait travailler contre la douleur. Les coups de feu se rapprochaient.

« Je crois qu'on vient vous rendre visite. »

Avec un sourire, Michel tourna l'écran vers elle. La panique serra sa poitrine et la paralysa sur place.

« Ce n'est qu'un début. Malheureusement, je vais perdre beaucoup de mon organisation dans cette catastrophe, mais ils vont mourir pour la juste cause. »

Jour 1 : trois mille personnes
Jour 7 : 1 million de personnes
Jour 14 : 30 millions de personnes

« Il serait temps pour vous de me dire comment vous avez obtenu votre immunité... »

Chapitre 27

Livia secoua la tête.

« Les militaires vont être ici dans quelques minutes et tout ce qui vous passe par la tête c'est de tuer plus de personnes? Et de savoir comment j'ai fait? »

« Il faut occuper son temps. Mais je vous l'ai dit, la toxine va être répandue dans ce complexe pour nous débarrasser de toute vermine qui s'y trouve. »

« Vous n'avez pas le droit! » Il ouvrit un tiroir, en sortit un objet rectangulaire noir qu'il déposa doucement sur son bureau. Un détonateur. « Pourquoi? »

« Votre père... »

« Ne travaillait pas pour vous. »

« Au contraire, votre père n'a jamais cessé de travailler pour nous. » Livia secoua la tête.

« Je ne vous crois pas! Pourquoi toutes ces machinations? » Il haussa les épaules.

« Il savait sans doute qu'il n'aurait pas pu convaincre la famille de Rosalia. Elle vous avait sous son contrôle, vous étiez son pion. » Livia sentit les larmes couler sur ses joues.

« Non, mon père n'aurait jamais accepté de faire cela, de tuer tous ces gens. »

« Alors qui m'aurait parlé de l'antidote? » Elle haussa les épaules.

« Vous avez des espions à tous les niveaux des autorités, il vous était facile de mettre la main sur quelqu'un qui saurait quelque chose, ou qui se douterait de quelque chose. » Il fit un vague geste de la main.

« L'important, c'est que vous soyez ici, saine et sauve. »

« Je ne suis qu'un pion pour vous aussi. »

« J'espère encore que vous allez me rejoindre et m'aider. Nous avons besoin de plus que cette toxine. Nous devons permettre aux survivants de profiter au maximum de leur longue vie, et vous êtes le futur dans ce projet. »

« Mon père? »

« Il ne m'est plus utile. L'antidote l'aidera à guérir et il pourra profiter des quelques années qu'il lui reste en paix et sans avoir à se cacher. »

Livia se leva au même moment où la porte s'ouvrit et laissa passer le capitaine, suivi de plusieurs de ses hommes, un fusil pointé sur Michel. Son garde du corps dégaina et pointa sa propre arme sur le militaire.

« DEBOUT! Les mains sur la tête! » Des ordres étaient criés autour d'elle. Michel se leva lentement, sans perdre son calme ou son sourire.

Un brouhaha se produit dans les hommes derrière le capitaine. À nouveau des coups de feu.

Avant que Livia n'ait pu réagir, un militaire s'écroula près du capitaine. La moitié des militaires se retournèrent pour faire face à leurs agresseurs. Le capitaine entra dans la pièce et referma la porte derrière lui pour éviter d'être la cible d'une balle perdue.

Michel avait le détonateur dans la main. Son garde du corps gardait un fusil levé sur le capitaine.

« Si vous faites un pas de plus, nous allons tous mourir dans ce bâtiment. Dès qu'il sera détruit, mes ordres seront passés à d'autres cellules et la toxine sera répandue près de grands centres urbains. »

« Nous avons l'antidote, tu as perdu. » Michel secoua lentement la tête.

« Pas du tout, l'antidote ne peut être fabriqué que grâce à cette jeune demoiselle. Vous n'en avez pas assez pour protéger des milliers de personnes. » Livia se sentit pâlir.

« Elle n'est peut-être pas la seule à avoir une immunité naturelle. » Livia sentit l'hésitation chez Michel. Sa main s'abaissa légèrement, mais il se reprit.

« Personne ne peut l'avoir. Personne ne sait comment elle-même l'a obtenu. Son père ne le savait pas. »

« Si je meurs, votre plan de contrôler la population tombe à l'eau. » Michel jeta un rapide coup d'oeil vers elle.

« Pas du tout. »

« Vous ne pourrez contrôler qui meurt ou qui survit. Peut-être qu'une autre personne va développer les anticorps nécessaires pour contrer la toxine et qu'elle va la partager avec ceux mêmes que vous voulez détruire. »

« Ça ne se produira pas ainsi. » Livia s'approcha de lui.

« Vous ne pouvez en être certain. Vous n'avez pas mis votre plan à exécution jusqu'à présent parce que vous n'aviez pas l'antidote. » Elle fit un autre pas dans sa direction.

« Livia! » Elle n'écouta pas le capitaine.

« Il y avait une faille dans votre plan. » Michel sourit.

« Plus maintenant. » Ils entendirent un craquement provenant du sol. Une odeur florale et épicée se dégagea dans l'air.

« NON!!!! » Elle se tourna vers le capitaine. « Vous devez évacuer tout de suite!!! » Le capitaine échappa son fusil. Le bruit de son arme frappant le sol lui serra la poitrine et les larmes emplirent ses yeux.

Elle se précipita vers le capitaine avant que Michel n'ait pu l'en empêcher. Elle attrapa son arme qu'elle pointa sur l'homme. Elle ignora le fusil que son garde du corps braquait sur elle.

« Ne faites pas l'enfant. Me tuer ne vous avancerait à rien, et d'autres personnes prendront ma place. »

« Laissez-moi partir. »

« Encore une fois, vous ne réfléchissez pas avant d'agir. Toujours à suivre votre intuition et vos émotions plutôt que votre logique. Mais je préfère encore vous voir mourir plutôt que d'agréer à votre demande. » Il soupira.

« Libre à vous. » Il sortit un pistolet de sous son bureau et la pointa sur elle. À nouveau, quelqu'un la menaçait. C'en était trop. Sans réfléchir, elle appuya sur la gâchette.

Elle recula en tombant sous la force du retour de l'arme. Michel échappa le détonateur.

Livia se releva et s'élança sur l'appareil. Elle l'attrapa en premier, mais le garde du corps plaqua sa main sur la sienne, l'obligeant à changer de main. Il fut plus rapide. Livia arracha les fils au moment où il appuya sur la détente. Elle frappa sa main et l'appareil glissa sous le bureau de Michel.

Furieux, l'homme sortit un couteau et le planta dans sa main gauche. À sa surprise, Livia ne broncha pas et tendit sa main droite sous le bureau pour récupérer l'appareil. Ce n'est qu'à ce moment qu'elle se rendit compte du couteau dans sa main. Elle sourit, retira le couteau de sa main et l'utilisa pour mettre un terme à la vie de l'appareil.

L'homme se leva, braqua son arme sur elle et elle ferma les yeux, attendant l'inévitable. Un coup de feu retentit, mais Livia ne perçut aucune douleur.

Incapable de supporter le silence, Livia ouvrit les yeux.

Sûr de lui-même, Mevil observa la pièce, le fusil devant lui, avant de parler.

« Est-ce que ça va? » Livia passa ses mains sur son corps, à la recherche d'une blessure qu'elle n'aurait pas sentie, avant de hocher la tête.

« Je crois que... je crois que j'ai tué Michel... » Elle s'assied, le dos contre le bureau, le visage dans ses mains sanglantes, glacée jusqu'aux os.

Mevil donna des ordres à ses hommes avant de s'agenouiller près d'elle et de la serrer dans ses bras. Malgré sa veste protectrice et son équipement, Livia pouvait sentir sa chaleur la pénétrer.

« Tout va bien aller. » Elle secoua la tête.

« Le capitaine... » Il la serra un peu plus fort.

« Il a été le dernier à recevoir l'antidote, il y a undélai entre l'inoculation et son efficacité. Il devrait s'en remettre. »

« Il n'est pas mort? » Il eut un rire doux et calme.

« Aurais-tu oublié ta haine des militaires? »

« Non. Paolo a pris trois fioles contenant la toxine. »

« Major? »

« Retrouvez-le. Faites également venir Charles, mais assurez-vous qu'il a reçu l'antidote. »

Surprise, Livia leva brusquement la tête et se détacha de Mevil. Celui-ci retint ses mains dans les siennes et sortit un bandage de l'une de ses poches.

« Major? » Livia le laissa appliquer la bande de tissu dans ses paumes. Elle ne ressentait aucune douleur, seulement de la lassitude.

« Je vous ai observé à l'aéroport, votre attitude envers le soldat, et j'ai discuté avec lui. J'ai compris que pour obtenir votre confiance, je ne devais pas être un militaire à vos yeux. » Livia évita son regard.

« Vous aviez amplement le temps de me l'avouer depuis. »

« Vous venez vous-même de dire que votre opinion envers les militaires n'avait pas changé. » Livia se sentait trahie. Elle lui avait fait confiance, lui avait avoué pourquoi elle n'aimait pas les militaires, et elle devait apprendre qu'il en était toujours un après avoir tué un homme.

Elle le frappa pour l'éloigner d'elle, mais il ne broncha pas.

« Et toutes les peurs que tu me faisais? Les menaces que j'étais recherchée pour la disparition de Conrad... Ryan? Mon enlèvement? Est-ce que c'était des choses que tu aurais pu prévoir? Que tu aurais pu prévenir? » Il secoua la tête. Un militaire fouilla le corps de Michel alors qu'un autre tapait à son ordinateur.

« Je ne pouvais rien dire. Paolo ne savait pas que j'étais encore dans l'armée, mais le capitaine était dans le coup. Pour ce qui est de ton enlèvement... » Elle serra les dents.

« J'écoute? »

« Nous savions que ton déplacement attirerait les regards. Michel et son organisation ont beaucoup de recrues parmi les soldats et il nous était impossible de savoir à qui faire confiance. On ne pouvait pas te sortir du pays et mes supérieurs ont décidé de t'utiliser comme appât. J'ai mis un mouchard sur toi et c'est comme ça qu'on a pu te retrouver. » Livia ignora ses explications en voyant son père entrer dans la pièce.

« PAPA! »

Charles semblait aussi surpris de la voir qu'elle l'était. Livia se précipita dans ses bras et il la serra contre lui un moment avant de la repousser en fronçant les sourcils.

« Tu as l'air beaucoup moins malade que lorsqu'on s'est parlé la dernière fois! » Il tapa sur son bras.

« L'antidote fonctionne! Je me sens rajeunir chaque minute. » Il fronça les sourcils. « Qu'est-ce que tu fais ici au juste? Je croyais que tu étais en sécurité au campement. » Il se tourna vers Mevil. « Est-ce que vous l'avez embarqué dans cette affaire? »

« On n'a pas eu le choix. Ils étaient déjà au courant de son existence. » Charles posa un regard sévère sur Mevil.

« Vous et moi allons avoir une conversation une fois sortie d'ici. » Il renifla l'air et se tourna ensuite vers sa fille.

« Qu'est-ce que c'est? »

« La toxine. »

« Est-ce que tu leur as parlé de l'antidote? » Sa main droite se plaça naturellement sur son bras gauche. Elle secoua la tête.

« Non, mais Michel savait que j'en avais le secret. »

« Et je suppose que tu n'as pas tenté de le nier? Pourquoi est-ce qu'il te recherchait? »

« Parce qu'il voulait que je l'aide dans ses projets et parce qu'il savait que j'étais l'antidote. » Il sembla surpris.

« Qui le lui a dit? »

« À part Mevil, le capitaine et le docteur, tu étais le seul à le savoir. Peut-être que c'est toi qui t'es échappé? Après tout, c'est ta toxine qu'il utilisait. Il m'a même dit que tu continuais de travailler pour lui. » Mevil leva la main pour les arrêter.

« Ce n'est pas que je n'aime pas la passion qui perce vos conversations, mais ce n'est pas le moment de... »

« Je n'ai pas collaboré avec lui. Je ne veux pas être associé à plus de morts. Je te remercie d'avoir accepté de m'aider. »

« Nous en reparlerons plus tard. Pour l'instant, nous devons partir avant que le bâtiment ne s'écroule. » Livia passa une main sur son front.

« Michel disait que si le bâtiment s'écroulait, ça enverrait un message pour déclencher des attaques ailleurs dans le monde. J'ai vu les chiffres... »

Le militaire devant l'ordinateur leva la tête.

« Ne vous en faites pas, on va s'occuper des communications

avec les autres cellules. J'ai accès à tous les systèmes d'ici, je transfère le tout dans un système extérieur et on devrait pouvoir contourner les sécurités. » Livia ferma les yeux. Charles serra à nouveau sa fille dans ses bras.

« Je suis désolé de t'avoir embarquée dans tout cela. Je croyais qu'avec Guy, vous comprendriez que je ne voulais pas votre présence ici... »

« Je sais. » Livia enfouit son visage sur le torse de son père pour cacher ses larmes.

Charles se détendit avant d'apercevoir le corps de Michel.

« Il est mort? »

« Oui. » Charles soupira d'aise.

« Alors tout est terminé? » Mevil secoua la tête.

« Paolo s'est enfui avec des fioles contenant la toxine. On ne sait pas encore si Michel a fait parvenir la toxine à d'autres cellules de son organisation. »

Épilogue

À genoux sur le sol de sa nouvelle serre, Livia sentit la présence de Rosalia derrière elle avant d'entendre son clopinement familier. Elle termina de creuser un trou avant de soulever doucement un jeune plant d'un caisson de bois. Elle l'observa un moment, enleva une feuille fanée, libéra la racine qui s'était enroulée sur elle-même et déposa la plante dans le trou. Elle l'arrosa, plaça un peu de terre par dessus la motte de racines et appuya fermement autour du plant.

« J'ai une lettre pour toi. » Livia essuya ses mains sur son tablier.

« Ça vient de qui? »

« Ton père. » Livia soupira et ouvrit la lettre. Comme dans toutes ses lettres, il lui demandait de revenir sur sa décision et de l'aider dans ses recherches. Il promettait de ne s'en tenir qu'à ses idées originelles. Développer des plants capables de nourrir une population toujours grandissante, dans des conditions jamais idéales.

Comme toutes les dernières fois, Livia lui répondrait par un refus. Elle ne voulait plus être impliquée dans ses histoires. Grâce à Mevil et Rosalia, elle gardait un oeil sur ses découvertes et s'assurait qu'il ne développerait aucune autre toxine par erreur.

« Il veut que tu l'aides? » Livia hocha la tête.

« J'ai peur que quelqu'un comme Michel, comme Paolo, le retrouve et l'oblige à continuer là où il a arrêté. »

« Le capitaine Edwards est passé hier. Il m'a assuré que toutes les souches de la toxine ont été effacées. »

« Il ne peut pas le savoir. Paolo est encore bien en vie, et on sait qu'il a utilisé au moins l'une des fioles. Qu'est-ce qui est arrivé des deux autres? Est-ce que les disciples de Michel ont reçu une forme ou l'autre de la toxine? Sans compter les échantillons que le capitaine a envoyés dans des laboratoires de confinement aux États-Unis. Beaucoup trop de variable. »

« Tu ne peux pas le blâmer, c'est une arme redoutable. » Livia haussa les épaules.

« Je sais. Je suis heureuse qu'il ait omis de mentionner la source de l'antidote. Je crois qu'on m'enfermerait également dans un laboratoire. »

« Personne d'autre n'a développé d'anticorps comme toi. Ils ont essayé les méthodes traditionnelles et ils ont testé tous ceux qui ont pris le vaccin, rien n'a fonctionné. Au fait, il m'a aussi confirmé que c'était le docteur du village qui a informé Michel de l'existence de l'antidote. » Livia s'occupa d'une nouvelle plante.

« Est-ce qu'il sait pourquoi? »

« Sa femme et son fils étaient des otages. Ils les ont libérés en même temps que ton père et toi. » Livia soupira.

« Je ne lui en veux pas. Mon père a fait le même choix. » Le silence s'éternisa entre les deux amies. Finalement, Rosalia sourit et fit un geste pour englober la serre. « Au moins, le gouvernement a su comment te remercier d'avoir fourni l'antidote à tous ceux qui ont été affectés. »

Livia hocha la tête et creusa un autre trou avant de remarquer le sourire mystérieux et satisfait que Rosalia affichait.

« Qu'est-ce que j'ai manqué? » Elle sortit une petite lettre de son tablier. « C'est quoi? »

« Une invitation. » Livia, surprise, laissa tomber sa spatule.

« De qui? »

« Dans le meilleur restaurant de Kiralis, pour demain soir. »

« De qui? »

« Mevil! » Livia rougit. « Ne me dis pas que tu en doutais? Ok, je lui ai forcé un peu la main, il ne savait pas comment s'y prendre et il attendait le bon moment. »

Livia ne dit rien et se concentra sur une autre plante.

« Dis, est-ce que tu crois que les autres cellules connaissent la provenance de la toxine et de l'antidote? » Rosalia regarda à travers la vitre de la serre.

« J'en sais rien. J'espère que personne n'aura plus besoin de tes services. » Elle hésita avant de reprendre. « J'ai entendu dire qu'il y avait eu une émergence d'une maladie étrange en Chine.

Personne ne sait encore si c'est relié, mais les symptômes sont semblables. J'espère que tu es préparée. » Livia sourit en frappant son bras.

« Je suis vivante. »

FIN

DU MÊME AUTEUR

Le Secret des Rostland, 2011

Vous pouvez suivre l'auteur sur son blog
plumedansante.blogspot.com

ou sur Twitter
@BretonCatherine